Husch Josten
Land sehen

PIPER

Zu diesem Buch

Das Leben zu schnell, die Gegenwart unübersichtlich, alle Welt zerbrechlich. Am besten, man konzentriert sich auf den kleinen Ausschnitt des eigenen Daseins und die Bücher und Geschichten anderer, findet Literaturprofessor Horand Roth. Bis sein geliebter und lange verschwundener Patenonkel plötzlich als Mönch vor ihm steht und für Unruhe sorgt. Denn Roth will verstehen, warum Georg, der in seiner Biografie kaum etwas ausgelassen hat, ausgerechnet Mitglied eines umstrittenen katholischen Ordens geworden ist. An unerwarteter Stelle – auf dem Land – findet er nicht nur eine Antwort darauf, sondern ein berührendes Stück deutscher Vergangenheit, eine kleine Heldengeschichte.

Husch Josten, geboren 1969, studierte Geschichte und Staatsrecht in Paris und Köln, wo sie auch heute wieder lebt. 2011 debütierte sie mit dem Roman »In Sachen Joseph«, der für den Aspekte-Literaturpreis nominiert wurde. Seither erschienen mehrere hochgelobte Romane und ein Geschichtenband, darunter 2018 der Roman »Land sehen«, für den sie mit dem Literaturpreis der Konrad-Adenauer-Stiftung ausgezeichnet wurde. Sie lebt und schreibt in Köln und Paris und veröffentlichte zuletzt bei Piper »Eine redliche Lüge«.

Husch Josten

LAND SEHEN

Roman

PIPER

Mehr über unsere Autorinnen, Autoren und Bücher:
www.piper.de

Von Husch Josten liegen im Piper Verlag vor:
In Sachen Joseph
Das Glück von Frau Pfeiffer
Der tadellose Herr Taft
Hier sind Drachen
Land sehen
Eine redliche Lüge

Unser Versprechen für mehr Nachhaltigkeit
• Klimaneutrales Produkt
• FSC®-zertifiziertes Papier
• Hergestellt in Europa

FSC www.fsc.org
MIX
Papier aus verantwortungsvollen Quellen
FSC® C083411

Ungekürzte Taschenbuchausgabe
ISBN 978-3-492-31506-7
1. Auflage Juli 2021
2. Auflage Oktober 2021

Umschlaggestaltung: zero-media.net, München
Umschlagabbildung: mauritius images/Alamy
Satz: psb, Berlin
Gesetzt aus der Scala
Druck und Bindung: CPI books GmbH, Leck
Printed in the EU

Meinen Geschwistern

Ich wünsche den Menschen die Gabe,
sich mit den Augen der anderen zu sehen.
Robert Burns

1

Der Anruf kam im Juni des Sommers, da man viel vom Bienensterben sprach und Mücken nicht totzukriegen waren. Kurz nach Fronleichnam, von einem unbekannten Anschluss, gegen drei Uhr morgens. Anonyme Anrufe sind selten geworden. Kein Name auf dem Display, geschweige denn ein Bild, nicht mal eine Nummer. Vielleicht üben diese Anrufe deshalb eine gewisse Faszination aus. Durch ihre Anonymität, die früher jedem Anruf innewohnte, nur dass *früher* zu dramatisch klingt und den Eindruck vermittelt, alt zu sein. *Vor einiger Zeit* ist freundlicher. Vor einiger Zeit, die nicht verblasste Fotografien in Lederalben mit Goldverzierung meint. *Vor Kurzem,* als es noch Telefonzellen gab und kantige, verkabelte Geräte mit Wählscheibe und einem Klingeln, das nach Erlösung schrie. Einen Apparat, wie wir ihn zu Hause hatten. Grau, fest an die Wand geschraubt, mit langer Spiralschnur am Hörer, die die Kartoffelschalen vom Küchentisch fegte oder sich zwischen den Schranktüren verklemmte. Schrilles Läuten. Nicht Beethovens Fünfte, keine psychedelischen Tonfolgen oder neuesten Hits, sondern ein Geräusch, das *Heb ab!* brüllte, bis man auf- und nachgab, Glück oder Pech hatte. Früher war jeder Anruf ein solches Glücksspiel. Erst angenommen, gab es kein Entrinnen mehr. Genauso verhielt es sich mit dem Anruf meines Patenonkels Georg in jenem Sommer, Anfang Juni, kurz nach Fronleichnam.

Es war ungewöhnlich heiß für die Jahreszeit. Ich lag bei offenem Fenster im Bett und las; nachts nehme ich gerne Klassiker zur Hand, die mir das Gefühl von Schwerelosigkeit und Unzeitlichkeit vermitteln, als wäre das Leben, alles, das Jetzt, das Vorher, das Nachher, in der Nacht verankert, die Summe aller Bücher. Ich las also. Dachte mitunter an einen Freund, der in ähnlicher Situation von einem Fassadenkletterer überrascht worden war, den er mit geistesgegenwärtigem Gebrüll und einem Hemingway-Band in die Flucht geschlagen hatte. Und da klingelte mein Telefon. Es klingelt nackt und musiziert nicht etwa. Ich zuckte zusammen, sah irrationalerweise zum Fenster, hiernach erst aufs Display, erwartete das Unvorhergesehene, Verwählte, Obszöne, weil sämtliche Notrufe, die mich um diese Zeit hätten erreichen können, nicht anonym gewesen wären. Allerdings: Wenn man Unerwartetes erwartet, kommt es nicht mehr unerwartet. Doch mit der Stimme meines Onkels hatte ich wahrlich nicht gerechnet und sie sehr lange nicht gehört. Ganze drei Jahrzehnte, was wiederum dramatisch klingt, sich aber nie so angefühlt hat. »Ich bin's, Georg«, rief er in den Hörer, und ich freute mich, freute mich unglaublich, ihn zu hören. »Ich bin's«, rief er wieder, im Hintergrund scheppernde Musik, »Georg, also Athanasius, *Bruder Athanasius,* so heiße ich jetzt. Hörst du mich? Ich bin auf einem Festival mitten im Nirgendwo, ehrlich: Ich habe keine Ahnung, wo ich mich befinde, ein Feld mit Tankstelle in der Pampa, buchstäblich, Argentinien, irgendwo zwischen Buenos Aires, La Plata und lauter Rindviechern. Dass es hier überhaupt eine Telefonzelle gibt, grenzt an ein Wunder, wobei es vielmehr eine Telefonsäule ist, es regnet Bindfäden, und ein armer Tropf versucht sich auf der Bühne gerade als Benny Carter. Da musste ich an dich denken.«

Was Benny Carter mit mir zu tun hat? Dazu fiel mir nichts ein. Und wer wen verstoßen hatte – die Familie ihn oder er die Familie –, war mir nie erklärt, darüber war nie gesprochen worden. Doch erinnere ich mich an Abende aus der Zeit vor dem Zerwürfnis, als ich noch klein, zumindest in einem Alter war, in dem der Patenonkel seinem Neffen vor dem Schlafengehen vorliest. Abende, an denen Georg bei uns war. Ich erinnere mich, dass ich nach dem Vorlesen, das er stets ausufernd und abenteuerlich gestaltete, aus dem Bett in den Flur schlich, mich hinter dem samtgoldenen Vorhang der Garderobennische versteckte und durch einen Schlitz ins Wohnzimmer spähte. Denn ich erwartete begierig, es war der erste Grund für mein

Wachbleiben, dass Georg sich endlich ans Klavier setzen und spielen würde. Mutter bat ihn jedes Mal, die Nachbarn um diese Uhrzeit nicht zu stören, woraufhin er lachte und immer dasselbe zur Antwort gab: Gute Musik könne niemanden stören, der einigermaßen bei Verstand war. Und in meiner unbequemen Höhle, in der es nach Leder und Regenmänteln roch, in der ich halb auf Schuhen, halb zwischen Jackensäumen und Schirmen kauerte, befand ich ein ums andere Mal, dass er recht hatte. So gern ich die Gespräche der Erwachsenen belauschte: Ich mochte vor allem Georgs Musik, sie entfachte mich, ohne dass ich wusste, worum es sich handelte. Sein Spiel hatte Temperament und Humor, war grundlegend anders als das der Mutter, die nur Klassik spielte, Getragenes vor allem, bleischwer, streng nach Noten und mit viel Pedal. Georg dagegen spielte ungestüm. Der Onkel brachte alles in Bewegung. Es fand sich wie eine vertraute Melodie in mir, als ich nun seine Stimme wiederhörte: dass Georg Dinge in Bewegung brachte. Räume, Geschichten, Menschen. Alles.

Er war zwölf Jahre jünger als Mutter. Über den Altersunterschied hatte ich mich nie gewundert, so war es eben. Später, als ich darüber hätte nachdenken können, war Georg bereits nicht mehr da, eine Gestalt von früher gewesen. Und auch das war, sooft ich an ihn gedacht hatte, irgendwann gewohnt. Sowohl äußerlich als auch im Wesen ähnelten er und Mutter einander kaum, nur an ihren schwarzen Augen waren die beiden unzweifelhaft als Geschwister zu erkennen. Große Augen mit einer orangefarbenen Nuance, gewinnend und ohne Scheu, den Gesprächspartner ausführlich zu betrachten. Georg so zu beschreiben, dass er vor dem inneren Auge sichtbar wird, scheint kaum möglich. Es gibt keine Berühmtheit, mit der er sich vergleichen ließe, und es ist wie so oft nicht damit getan, Körpermaße, Haarfarbe, Gesichtsform aufzureihen. Wenn ich ihn aber als ernsthaften Lausbub schildere, nachgiebig und streng, melancholisch und lebensfroh, sarkastisch und gütig, uneitel und sich seiner Wirkung dennoch bewusst, womöglich entsteht dann ein Bild, das ihm annähernd gerecht wird.

Mir ist in Erinnerung, dass Georg an den Abenden in der elterlichen Wohnung viel sprach, wovon ich allerdings das meiste nicht verstand. Ich hörte dazu das Murmeln der Eltern, Satzfetzen, die von *aber* oder *also* eingeleitet wurden, wozu Mutter, wie zur Besänftigung, ständig Wein oder Likör nachschenkte und Erdnüsse in einer blau gefärbten Glasschale reichte. Und da war Vater, der, was ich hinter dem Samtvorhang müde abwartete, um mich zu vergewissern, dass es auch diesmal nicht anders wäre, nach jedem Besuch von Georg den Kopf schüttelte und Mutter noch an der Wohnungstür zu verstehen gab, dass ihrem Bruder nicht zu helfen sei, worauf sie die Schultern zuckte und ich Georg noch lieber mochte. Aber eines Abends – ich war dreizehn oder vierzehn, in einem Alter jedenfalls, in dem man nicht mehr in einer Garderobe hockt und die Erwachsenen ausspäht, sondern in seinem Zimmer sitzt und der Unabwendbarkeit des Lebens ins Auge sieht – eines Abends also knallte in diese Betrübnis hinein die Wohnungstür. Das war's. Mein geliebter Onkel kam nicht wieder.

Und blieb doch: Jahraus, jahrein rund um den vierten Advent brachte der Postbote eine Weihnachtskarte von ihm. Nur für mich. Mal aus Italien, mal von der französischen Riviera, mal aus Israel. Er wünschte mir nie ein frohes Fest, sondern schrieb in seiner dünnen, schwer entzifferbaren Handschrift Grüße wie: *Italiener sind kleine Menschen, weswegen sie grundsätzlich in und auf ebenfalls kleinen fahrbaren Untersätzen unterwegs sind. Ihre Beine sind zu kurz für lange Wege. Auf zwei, drei oder selten vier Rädern brausen sie aus allen Richtungen um große Menschen herum, und jeden Tag stoße ich mir den Kopf an einem Balken in meiner Küche, weswegen ich den Espresso grundsätzlich mit einer Schale Vanilleeis an der Stirn zu mir nehme, das übrigens köstlich ist und mich mit den kleinen Menschen aussöhnt.* Oder: *Bei Sonnenaufgang ist außer den Fischen und ihren Jägern noch niemand unterwegs. Ich springe ins Meer, schwimme zur Badeinsel, die vor dem Hotel vor Anker liegt, sehe von dort auf die Küste und träume: Heute Mittag esse ich Hummer.* Oder: *Beten hilft zwar nicht gegen, aber in der Hitze. Die Kirchen und Moscheen und Synagogen sind angenehm kühl. Dicke Mauern. Kleine Ameisenrudel von Menschen rennen einer Person mit buntem Stock hinterher, um zu hören, was sie hierzu und dazu sagt. Man sitzt und schaut und denkt, und man weiß nicht wie: Am Ende ist es ein Gebet* ... Ich heftete seine Karten alljährlich wie Weihnachtssterne an meine Fensterscheibe, und wenn Vater rund um den vierten Advent Georgs neuerliches Lebenszeichen dort vorfand, verengte sich sein Blick und er atmete schwerer; in der Küche gab es daraufhin eine hastig geflüsterte Auseinandersetzung zwischen Mutter und ihm, über die Feiertage hing der Haussegen schief, die Eltern seufzten öfter als ohnehin, und Mutter saß noch häufiger als sonst mit einer Flasche Süßwein am Küchentisch; Süßwein, von dem ich heute weiß, dass er schneller wirkt als andere alkoholische Getränke. Und so war Georg sehr wohl bei uns und sorgte dafür, dass der familiäre Stresspegel nicht anders ausfiel als bei den übrigen neunzig Prozent der Weihnachtsfeste weltweit. Ein paar Male habe ich gefragt. Die Reaktion der Eltern war immer dieselbe: ein Kopfschütteln gefolgt von einem lang gezogenen »ach«, das in Schweigsamkeit vertrocknete.

»Also da bin ich«, führte Georg von seiner argentinischen Telefonsäule aus. »Und auf die Gefahr hin, salbungsvoll zu klingen: Ich habe mich nicht gemeldet, ja, aber ich habe viel an dich gedacht in all den Jahren, ich trage deine Handynummer schon lange mit mir herum, habe sie im Internet gefunden. Jedenfalls gerade, als ich die Musik hörte ... Nun, es schien mir der richtige Moment. Daher klingele ich dich aus dem Bett.«

»Ich freue mich, von dir zu hören!« Unsinnigerweise passte ich mich seiner Lautstärke an. Ich war aufgeregt. »Hab ich dich richtig verstanden? Hast du *Bruder Athanasius* gesagt?«, brüllte ich.

»Ja! Stell dir vor: Ich bin Mönch geworden.«

»Mönch ...«, wiederholte ich entgeistert.

»Sag jetzt nur nichts über die Wege des Herrn!«, rief Georg gegen die Musik an und lachte. »Das haut dich vermutlich um. Mehr oder weniger zumindest – je nachdem, wie es mit dir und dem Glauben steht.«

Jetzt musste ich lachen. »Ist das dein Ernst? Du hörst einen Benny-Carter-Verschnitt in der Pampa und fragst nach über dreißig Jahren Funkstille nach meinem Seelenheil? Liebe Zeit, der Mann muss wirklich schlecht sein.«

»Du machst dir keine Vorstellungen.«

Ich legte Dickens' *Erwartungen* zur Seite, rückte die Brille gerade und setzte mich auf. Ich konnte nicht fassen, dass Georg am anderen Ende der Leitung war. »Ich frage lieber nicht nach dem Zusammenhang.«

»Es gibt keinen. Nehme ich zumindest an. Aber sag nur, Hora, warum eigentlich sollen wir nicht damit anfangen, ich möchte es tatsächlich gern wissen: Bist du ein gläubiger Mensch geworden?«

»Das bin ich sicher nicht«, antwortete ich ohne Zögern. Erfreut, dass er meinen Spitznamen gewählt hatte. Einen naheliegenden, zugegeben, aber er hatte ihn mir damals verliehen und ich habe ihn nie abgelegt. Georg schwieg lange. Ich nahm an, er müsse über meine Worte nachdenken, seine Antwort erwägen. Ich wartete auf die Entgegnung, aber darüber krachte, stotterte und verstummte die Hintergrundmusik, *Vine Street Rumble*, und unsere deutsch-argentinische Verbindung war abgerissen. Zwei anonyme Versuche, die unmittelbar folgten, waren nicht von Erfolg gekrönt. Nichts als Rauschen in der Leitung. Ich betrachtete mein Telefon, als könne das seine Aktivitäten beeinflussen, tötete enttäuscht eine Mücke, die einen blutigen Fleck auf der Wand hinterließ, nahm mein Buch und las nicht weiter.

Georgs Anruf ging mir in den folgenden Wochen nach. Ich suchte im Internet nach ihm – Bruder Athanasius – und fand seinen französischen Orden und ihn. Zu meiner Bestürzung, muss ich sagen, und leider ohne Foto. Georg. Mönch und Priester also. Aber ausgerechnet so einer? Wie konnte ein Mann wie er, den ich so ganz anders in Erinnerung hatte, sich einem erzkatholischen, ja, reaktionären Orden angeschlossen haben? Mich verfolgten die wenigen Sätze, die wir gewechselt hatten. Mich beschäftigte seine Frage. Wann hatte ich das letzte Mal über den Glauben nachgedacht? Im protestantisch geprägten Hamburg meiner Kindheit hatten wir zwar zur Minderheit der Katholiken gezählt, in der Familie war Religion aber nie Thema gewesen. Auch kein Thema, das ich mit meinem Onkel angeschnitten hätte. Gut, ich war bei den christlichen Pfadfindern gewesen. Aber nur, weil Mutter der Religion immerhin ein wenig und Vater dem Bund der Pfadfinder viel abgewinnen konnte: Regeln, Naturverbundenheit, Sport, Disziplin, Verantwortung. Abhärtung würde mir guttun, fand er, mir, dem Bücherwurm, dem Fantasten. Georg hatte sich zwar mal erkundigt, was ich auf den Fahrten trieb. Welche Lieder wir am Lagerfeuer gesungen, ob wir tatsächlich Bibelstellen interpretiert und wie viele Schwarzzelte wir aufgebaut hatten. Aber dass er alldem ein besonderes Interesse entgegengebracht hätte? Er fragte vielmehr nach meinem Schreiben. Nie vergaß er, sich zu erkundigen, ob ich an einer neuen Geschichte arbeitete und ob ich die letzte, von der ich ihm erzählt hatte, zu Ende gebracht hatte. Nie versäumte er, mir eine Idee mit auf den Weg zu geben: *Schreib über ein verzaubertes Baumhaus, das geradewegs in eine Eisdiele in Rom führt. Wie wäre es mit einer Geschichte über Marsmenschen, die eine Pfefferminzteeplantage im Stadtpark anlegen?* Immerhin bis zum Sippenführer war ich bei den Pfadfindern aufgestiegen. Mit sechzehn hatte ich dann genug von Meuten, Sippen, Stämmen, Gauen, Lagern und Proben, anhand derer sich mein Horizont erweitern sollte. Genug von Spähertouren, bei denen ich mich zwei Tage ohne Geld und Hilfe durch Wald und Felder zu schlagen und dabei allerhand Aufgaben zu bewältigen hatte. Genug von Regeln, die ich einmal gebrochen und dadurch apokalyptischen Zorn auf mich gezogen hatte. Ich verdanke den Pfadfindern, dass ich im Wald gut zurechtkäme, sollte man mich dort aussetzen. Ich verdanke ihnen, dass ich schnitzen und knoten, die meisten Vögel, Pilze und Bäume bestimmen kann. Vor allem aber verdanke ich ihnen eine Abneigung gegen Hierarchien und ein gesundes Misstrauen gegen die Beschwörung Gottes und der Gemeinschaft.

Ich durchsuchte mein Gedächtnis nach Georg, kramte die Kiste mit seinen Postkarten, den Briefen und Alben meiner Eltern hervor. Ja, ich habe eine solche Sentimentalitätenkiste. Sie ist neben zwei Sesseln aus den Sechzigerjahren und dem gewichtigsten Familienerbstück, dem Bösendorfer-Flügel meines Großvaters väterlicherseits, der Musiklehrer war und ihn seinerseits von einem dankbaren, vermögenden Schüler geerbt hatte, das Einzige, was ich noch von meinen Eltern besitze. Ich blätterte durch die von der Mutter penibel beschrifteten und datierten Fotoalben. Betrachtete meine bilderbuchbürgerlichen Großeltern in Hamburg, 1944. Sie, Berta, mit unwirschem Blick, grauem Haarknoten und sackigem Kleid. Er, Hubertus, mit unleserlicher Miene, schütterem Haar und Pfeife im Mund. Dazu meine elfjährige Mutter mit Schleife auf dem Kopf und einem schlichten, weißen Kleidchen, neben ihr ein etwa gleichaltriger, dürrer Junge. Ich sah den sechsjährigen Georg auf einer Schaukel am achtzehnten Geburtstag meiner Mutter (1951), sah ihn zehn Jahre später frech dreinblickend mit einer Schultasche auf einem Fahrrad und, 1968, feierlich im dunklen Anzug bei meiner Taufe. Mich, ein Bündel in weißer Strickdecke, auf seinem Arm. Mitte der Siebziger mit spitzem Hemdkragen und riesiger Hornbrille auf unserer Terrasse beim Spargelessen und daneben das letzte Foto von ihm, 1981, mit mir am Flügel in unserem Wohnzimmer. Mehr noch als mein albern entrückter Ausdruck auf diesem Bild erstaunte mich, dass es den Abend zurückbrachte und aus der Vergessenheit rief, was mir schon während des Telefonats mit Georg hätte einfallen müssen. Beim Essen hatten die Erwachsenen über den Moskau-Besuch von Schmidt und Genscher diskutiert, über den die Eltern wenig erfreut gewesen waren. Die Sowjetunion war in Afghanistan einmarschiert, zweiundvierzig Staaten hatten ihre Teilnahme an den Olympischen Spielen in Moskau abgesagt, was Breschnew, wie man heute weiß, auf die Idee brachte, Helmut Schmidt einen Lada Niva für seine Sumpfpflanzen erforschende Frau und Hans-Dietrich Genscher ein Jagdgewehr schenken zu wollen, um ihnen Olympia doch noch schmackhaft zu machen. Am Ende hatte Loki keinen Lada und Genscher kein Gewehr bekommen, stattdessen hatten die Sowjets ihre Truppen in Afghanistan von 85 000 auf 115 000 Soldaten aufgestockt, und wenn man sich vergegenwärtigt, was aus alldem geworden ist, nicht absehbar an jenem Abend in der elterlichen Wohnung, beweist der lapidare Satz meines Onkels geradezu seherische Qualitäten: »Sicher ist nur, dass daraus nichts Gutes erwachsen wird, Hora, lass uns lieber Klavier spielen.«

Und wie er das tat! An diesem Abend übertraf er sich selbst. *Cow Cow Boogie*. Er trug mir auf, mit einzustimmen. Ich beobachtete seine Hand und klimperte die Töne eine Oktave tiefer nach. Er variierte und improvisierte, ich versuchte, seiner Linken blitzschnell nachzueifern. Wie weit entfernt war sein Spiel von meinem Klavierunterricht bei Frau Krostek ... Er tanzte über die Tasten. Und ich? Zwei Zehnpfennigmünzen auf den Handrücken, damit ich unter Frau Krosteks staksigem Blick und ihrer pädagogisch fragwürdigen Ermahnung – *Wer an einem solchen Instrument sitzen darf, muss es auch können* – die Hände richtig hielt. An diesem Abend schmiss ich alles über Bord und tat es meinem Onkel nach: spielte und tanzte und trillerte und hüpfte seinen Fingern hinterher. Aneinandergedrängt schwangen unsere Oberkörper im Boogie von rechts nach links, wir lachten, ich flötete, summte, trommelte Bassisten, Trompeter, Saxofonisten und Schlagzeuger hinzu, sang *yippity yi yeah*, während Georg, so schien es, keine Taste unberührt ließ, mit seinen Händen von unten nach oben schwebte und zwischendurch Cowboy-Yihas ausstieß. Es roch nach Grillfleisch, Flieder und Wein. Der Stoff des Klavierschemels kratzte an meinen nackten Oberschenkeln unterhalb der kurzen Schlafanzughose. Alles davon war wunderbar. Alles stimmte. Und da kam Mutter aus der Küche und machte das Foto, das ich von allen am häufigsten betrachtet habe in den Wochen nach Georgs Anruf. In der Hoffnung, ihn zu erkennen, von seinem Gesicht etwas ablesen zu können, das ihn zurückbrachte, so, wie ich in den vergangenen fünfunddreißig Jahren immer wieder einmal versucht hatte, ihn mir ins Gedächtnis zu rufen oder gar ihn zu finden – zuletzt nach dem Tod meiner Mutter. Schließlich legte ich *Cow Cow Boogie* auf, setzte mich aufs Sofa und schloss die Augen. Es dauerte genau zwölf Sekunden. Mit Benny Carter war Georg da. Seine Schulter an meiner. Seine lange, schlanke Gestalt, sein dunkelbraunes Haar, sein ovales Gesicht mit der spitzen Nase und den ausnehmend schön geschwungenen Lippen. Sein Lachen. Sein Swing-Blick, *his knocked out accent with a Harlem touch*. Viermal hintereinander habe ich das Stück gehört. Jedes Mal ein wenig lauter, beim dritten Mal nicht mehr auf dem Sofa, sondern durch die Wohnung tanzend, beim vierten in Vorfreude. Warum eigentlich sollen wir nicht damit anfangen?, hatte er am Telefon gesagt und mich nach dem Glauben gefragt. Damit anfangen … Er würde sich wieder melden.

Und wirklich: Nach drei Wochen war es so weit. Ich befand mich im Pausenraum des Seminars und bereitete mich aufs Wochenende vor, hatte Hausarbeiten meiner Komparatistik-Hauptsemester zum Thema »Der Trinker als Held. Literarische Darstellung der Alkoholabhängigkeit bei Malcolm Lawry und Hans Fallada« in die braune Ledertasche gepackt, Kaffeebecher in die Spülmaschine geräumt, Kollegin Sarah zu ihrer

Schwangerschaft beglückwünscht, als mein Handy klingelte. Anonym. Ich wusste Bescheid. Und Georg sagte, als wäre unsere Verbindung eben erst unterbrochen worden: »Da bin ich wieder. Wenn du Zeit hast, lass uns einen Kaffee trinken. Ich stehe vor der Uni.«

Übrigens schreibe ich dies auf einem Bauernhof in der Eifel, einem abgelegenen Weiler namens Ruitzhof, der kleinsten bewohnten Exklave Deutschlands, die zum Dorf Kalterherberg gehört. Im Norden, Westen und Süden grenzt ihr Gebiet an Belgien, im Osten verläuft die Trasse der Vennbahn ebenfalls auf belgischem Staatsgebiet. Hier bin ich gelandet, obwohl ich dem Landleben nie zugetan war. Meine Anwesenheit an diesem Ort, umgeben von Monschauer Hecken, Weideland und Fichtenwäldern, hat an dieser Haltung wenig geändert. An guten Tagen vermag ich der rauen Umgebung etwas abzugewinnen. Bei Sonne sind die Schieferplatten, die den Weg zum Haus ebnen, warme Inseln. Ist die haushohe Hecke, die den Rumpf des Wohntrakts vor Wind und Schnee schützt, eine wohlige Tapete. Stellt der Steinbrunnen neben der Haustür einen luxuriösen Wassertrog für Edda, meine Berner Sennenhündin, dar. An schlechten Tagen jedoch, wenn Wolkenmassive den Horizont verschlingen und unsichtbarer Regen die Luft vergraut, kann ich mir keinen trübsinnigeren Ort denken. Dann erstickt die Hecke das Haus, werden die Schieferplatten zu Rutschbahnen, und obendrein fällt mir die rostige Badewanne ins Auge, die kopfüber auf der Weide zwischen Herrn Kaulards Kühen liegt wie ein Monument des Todes. Und umgehend fühle ich mich von der Eifel erledigt. Weltverloren, obgleich die nächsten und bewohnten Höfe in Sichtweite sind. Bei solcher Witterung beschleichen mich wiederkehrend, denn es regnet hier oft, kauzige Gedanken wie: Möglicherweise sieche ich in diesem Fachwerkbau in dörrstickiger Ofenluft dahin oder ich gehe vor lauter Beschaulichkeit noch freiwillig ins Moor; das Hohe Venn liegt mit seinen Tümpeln, Schlenken und Bulten, seinen Mulden, in denen der Wasserstand steigt und sinkt, aber nicht fließt, seinen Kuppen aus Torf und Moosen, seinen unheimlichen Baumstümpfen und verwirrten Wollgräsern vor der Tür. Doch ist meine Niedergeschlagenheit, ich muss der Wahrheit Genüge tun, theatralischer Natur. Ich bin nicht suizidgefährdet, habe auch keine Todesahnungen. Ich mag einfach keinen Regen. Aber ich habe zu tun an diesem Ort. Ich habe, wie versprochen, diese Geschichte zu erzählen; ich, Horand Roth, genannt Hora, getauft nach dem Lehnsmann der Nibelungensage, dem Herrn über Dänemark, dem Sangesmeister und Helden, was mit mir so viel zu tun hat wie Zehnpfennigstücke auf dem Handrücken. Was soll ich sagen? Die Nibelungensage hatte es meiner Mutter angetan. Also: Horand Roth, eins vierundachtzig, braune Haare, schwarze Augen wie Mutter und Onkel, neunundvierzig Jahre alt, was älter klingt, sich aber – Plattitüde – nicht so anfühlt, Literaturwissenschaftler, geschieden. Nicht auf dem Papier, aber wir leben getrennt, denn ich bin, sagt Patricia, zu selbstzufrieden, zu zynisch, zu unerreichbar. Und angeblich auch zu glücklich mit mir, was mit *zynisch* meines Wissens nur bedingt einhergeht, aber wegen solcher und anderer Meinungsverschiedenheiten leben wir wohl getrennt, und auch wegen der Geschichte mit Jesper, ihrem Kollegen aus Kopenhagen, die nur kurz andauerte, aber ihre Perspektive verschob, wie Patricia mir eröffnete, die ihr klarmachte, dass sie nicht weiterleben will mit meiner inneren Abwesenheit, während Menschen mich ansähen und erwarteten, dass ich mich an ihren Gesprächen beteilige. Doch alles, was mir in solchen Momenten durch den Kopf geht, was passend, gar eloquent oder geistreich wäre, erscheint mir müßig oder verschwendet. Entweder hat es jemand mit anderen Worten schon gesagt oder es ist zu absurd. Gespräche dieser Art sind Gesellschaftsspiele nach Regeln, die niemand aufgestellt hat und die von allen akzeptiert sind. Es sind Gespräche aus Porzellan. Sie verursachen in mir dasselbe Nichts, wie es in meiner Kindheit Brettspiele in großen Runden taten. Man weiß die Antwort oder könnte sie spielend herleiten, natürlich, aber im Moment der Wahrheit, im Augenblick, da die Sanduhr ausläuft, die Antwort fällig wird, regiert schweigsame Leere.

Vermutlich hat Patricia recht: Ich habe mein Pulver verschossen. Irgendwann in den Achtziger- und Neunzigerjahren. Während des Studiums, wenn nicht bereits vorher. Schon als Kind las und schrieb ich mehr als meine Mitschüler und trug in jedes Freundebuch unter *Was ich mag* Schreiben, Lesen und Musik ein, wo bei anderen Fußball, Kino und Musik stand; ich war der tiefen Überzeugung, dass Worte alles verändern könnten. Unglaubliches, Schönes, Leidenschaftliches wollte ich schreiben. Als Sechzehnjähriger verfasste ich Glossen für eine Tageszeitung, die mir schließlich ein Preisgeld und eine Urkunde vom Bürgermeister einbrachten, und während des Studiums und meiner Zeit als Dozent veröffentlichte ich nahezu wöchentlich, um meinen wissenschaftlichen Rang unter Beweis zu stellen. Aufsätze und Essays für Fachzeitschriften und Beiträge für Tageszeitungen. Ich war, wie man sagt, vielversprechend. Angebote literarischer Agenturen und Verlage kamen. Doch sie bewirkten nur, dass ich alles Schreiben einstellte und der engagierte Hochschulprofessor wurde, der ich heute bin. Die Offerten schlugen mir den Stift aus der Hand, mir, dem Normalbürger, weder radikal noch subversiv, weder arm noch reich, der ich von keinem Extrem, keiner schillernden Höhe, keinem fürchterlichen Abgrund hätte schreiben, von keiner wilderen politischen Schlacht hätte berichten können als einer Unterschriftensammlung fürs Wissenschaftsministerium, mit keinem imposanteren Abenteuer hätte aufwarten können als einem verlorenen Paddel bei einer Kanutour in Amerika. Allenfalls von Alltag und Alkohol hätte ich aus der Anschauung einer Kindheit und Jugend heraus erzählen können, aber was schon, was?, das berühmte Säufer nicht meisterhaft selbst zu Papier gebracht hatten? Vor leeren Blättern sitzend wusste ich nicht mehr, was zwischen zwei Deckeln, von mir verfasst, von Wert sein sollte. Was noch nicht gedacht, nicht längst gesagt worden war. Machen wir uns nichts vor und etikettieren wir es nicht als Kulturpessimismus: Nur wenige Worte können noch verändern. Zu viele gibt es allenthalben. Menschen ziehen nichts mehr aus Geschichten, nicht wie früher, als sie überlebenswichtig waren. Sie lernen nicht einmal aus der Geschichte, nicht aus nachweislich Erforschtem, Analysiertem und Darlegbarem. Sosehr jedes Faktum Bruchstück bleibt, Historie schwindet, wenn sie zum Zeitstrahl wird. Eine Weile hielt ich mich mit dem faden Trost über Wasser, dass es genüge, wenn auch nur einige wenige Leser mit einem Text von mir etwas würden anfangen können. Doch damit kam ich nicht weit. Niemand würde mich als Autor vermissen, mich, der ich nicht einmal zu sagen wusste, was aus dem Jetzt zu brauchen, notwendig aufzuschreiben war. So ging ich keineswegs resigniert, sondern erleichtert und voller Tatendrang dazu über, mich auf meine Lehrtätigkeit zu konzentrieren. Mehr als genug, jungen Menschen nahezubringen, was weitaus Klügere und Mutigere geschrieben haben. Nicht weniger (und nicht mehr) erwarte ich von mir. Für Patricia ist das selbstzufrieden, zynisch, unnahbar, aber ich bin damit glücklich. Und dieses Glück empfinde ich auch jetzt, in diesem Augenblick auf diesem Eifler Hof. Denn heute ist einer der guten Tage, an denen mich die Kartoffelfelder, der Ginster, die gelben Wildnarzissen, Bärwurz und Fieberklee erfreuen. Eine Tasse Tee vor mir auf dem gewachsten Schreibtisch, fordere ich mich selbst heraus. Und schreibe.

Unsere erste Unterhaltung nach all den Jahren in einem Studentencafé gegenüber der Universität begann ohne Umschweife. Es erschien mir plausibel und befremdlich zugleich, dass mein Onkel so plötzlich da war. Was ich davon halten sollte, wusste ich allerdings nicht. Zur Begrüßung hatten wir einander umarmt und etwas unsicher angesehen. Nun saßen wir an einem runden Fenstertisch, verklebter Zucker in einem hellgrünen Keramiktopf zwischen uns. Bunte, platt gesessene Samtkissen auf unseren Holzstühlen. Sein Koffer – ein schwarzes, abgenutztes Monstrum voller Aufkleber – hinter seinem Stuhl. Georg ließ mir kaum Zeit, ihn wiederzuentdecken. Seinen ovalen Kopf, die sehr hohe Stirn, sein volles Haar, seitengescheitelt und ordentlich geschnitten, die kleinen Ohren und tiefen Falten zwischen Nasenflügeln und Mund, seine Hände, die wendigen Finger des Klavierspielers, die schwarzen Augen – das linke etwas kleiner als das rechte –, das vage Lächeln, das seinen Mund in die Länge zog, zu einem breiten Strich unter der Nase machte, zu einem Ausdruck, in dem sichtbar wurde, was ich von seiner Lebensfreude in Erinnerung hatte. Er gab sich, als hätten wir uns am Vortag zuletzt gesehen.

»So«, begann er, nachdem wir zwei Cappuccinos bestellt hatten, »wo waren wir stehen geblieben, wir beide?«

Ich richtete mich auf und hob die rechte Hand. »Moment! Vielleicht beginnen wir noch mal neu: Wie geht es dir? Wo warst du all die Jahre? Wie kommst du auf einmal hierher?«

Er lachte. »Natürlich – die Inquisition! Dein gutes Recht. Lass es mich kurz machen, denn es ist wenig spektakulär: Wenn deine Eltern meine Postkarten nicht einkassiert haben, solltest du ein paar meiner Stationen kennen. Ich bin viel gereist. Ich habe viele unterschiedliche Dinge gemacht. Es geht mir in jeder Hinsicht sehr gut. Aber am wichtigsten: Ich bin hier, weil ich dich gerne wiedersehen wollte, Hora. Schon sehr lange.«

»Schon sehr lange ...«, wiederholte ich, »und doch kommst du erst jetzt.«

Er nickte. »Es war an der Zeit.«

»Was meinst du damit – an der Zeit?«

»Dass dieser Wunsch wichtiger geworden ist als alles andere.«

»Ich habe dich nach deinem Anruf aus Argentinien im Internet gefunden. Bruder Athanasius. Du hast nach mir und meinem Glauben gefragt. Ich habe gesehen: Aus dem Glauben und dir ist sehr viel geworden. Du bist doch nicht etwa aus der Versenkung aufgetaucht, um deinen Patensohn zu bekehren?«

»Ach. Das Internet«, tat er es ab, als handele es sich um die Klatschtante aus der Nachbarschaft. »Ich habe lange gesucht, endlich einen Weg gefunden. Glauben interessiert mich. Mission? Nichts für mich. Nein: Ich bin nicht hier, dich zu bekehren.«

»Da bin ich aber froh.«

»Erzähl mir von dir, Hora. Was macht das Schreiben?«

»Wenn ich mich richtig erinnere, ging ich noch zur Schule, als wir uns das letzte Mal gesehen haben. Du hast die Tür hinter dir zugeworfen und warst weg. Ich muss wohl dort einsetzen.«

Es erschien mir närrisch, mein Leben im Brennglas darzulegen. Zwischendurch wunderte ich mich über die Auswahl meiner Informationen. Was ich für wichtig genug erachtete, was ich wegließ. Ich leimte für Georg meine Biografie zusammen, wie man es in Vorstellungsgesprächen oder bei Kennenlernrunden auf Tagungen macht. Doch sooft ich es getan habe und gelegentlich tun muss: Es bleibt seltsam, mich vorzutragen, es beschämt mich auf kindliche Weise. Ich bestaune Menschen, die das schamlos und selbstverständlich fertigbringen, denen es nicht peinlich ist, wenn sie zu viel oder nonchalant zu wenig über sich sagen, die mit klarer, lauter Stimme darlegen können, für wen sie sich halten. Und ich staune, dass ich diese Geschichte als Ich formuliere. Es ist nicht zufällig so geschehen, nein: Nur auf diese Weise kann ich sie wiedergeben, im stillen Pakt mit dem Leser, dass Ich nicht mich meint, nicht meinen Alltag, meinen Blick und mein Sprechen, und doch mich, eine bessere oder schlechtere Version von mir, ganz mich.

Während ich also sprach und Georg dabei beobachtete, wurde mir nach und nach bewusst, dass es sich bei meinem Zuhörer, diesem Ordensmann in Zivil, diesem zweiundsiebzigjährigen Priester in Jeans, mit schwarzen Kreppsohl-Sandalen und grauem Poloshirt, tatsächlich um meinen Onkel handelte. Den Onkel, den ich zwar kaum vermisst hatte, dem ich mich jedoch verbunden fühlte, ohne dass ich hätte festmachen können, wodurch. Ich wusste so gut wie nichts über ihn, und ein Verwandtschaftsgrad hat gewiss nichts mit der Beziehung zweier Menschen zu tun. Im Gegenteil. Verwandtschaft kann entzaubern, weswegen ich manchen Personen weder Eltern noch Geschwister an die Seite denken will. Es ist ernüchternd, dass auch die brillantesten Solisten Festtagsessen an familiären Tischen bestreiten, über Geschenke, Termine oder die Bratensoße diskutieren müssen. Doch mit Georg verhielt es sich anders. Dass er Familie war, fühlte sich gut an. Es hatte sich immer gut angefühlt, was buchstäblich gefühlsduselig klingt, jedoch den Tatsachen entspricht. Allerdings: Meine unspektakuläre Jugend, mein Abitur, meine abgebrochene Banklehre, meine durch zwei Stipendien ermöglichten Auslandsaufenthalte in Amerika und Frankreich, das Studium in München, Lyon und am

Emerson College in Massachusetts interessierten ihn nicht. Er nickte, streute gelegentlich ein Aha oder ein verstehendes Nicken ein, um am Ende meines Vortrags zu bemerken: »So weit, so brav und bewerbungstauglich. Jetzt bitte die Version für mich. Von mir aus ohne Glauben, aber mit Schreiben, Eltern, Frauen, Leben.« Und so führte mir Georg wieder vor Augen: Er ließ Menschen nie mit halben Sachen davonkommen. Er wollte die anderen, die relevanten Dinge hören.

Nach einem denkbar kurzen Exkurs über meine Entscheidung gegen das Schreiben und für die Lehre, nach einer nur geringfügig längeren Abhandlung der wichtigsten Frauen in meinem Leben, die ich trotz meines Alters an einer Hand abzählen kann, und nach einer in drei Sätzen zu fassenden Erläuterung meiner aktuellen Liaison, hatte ich vor allem von seiner Schwester und seinem Schwager zu erzählen. Den Eltern, die in ihrem Puppenstubendasein mit Kaffeekränzen und Kulturkreisen nicht rechtschaffener hätten leben und mich nicht nachhaltiger vor trauter Einhelligkeit hätten warnen können. Ihre Tage hatten aus Ritualen vom morgendlichen Kaffee mit Zeitungslektüre bis zur väterlichen Zigarre am Abend bestanden. Sie stritten nicht, schon gar nicht lautstark, sondern in der subtilen Version erstickender Contenance und idyllischer Ignoranz. Kein Schmutz, kein Makel sollte das Bild trüben. Sie verrichteten ihr Tagewerk.

Mein Vater ging zur Arbeit von neun bis siebzehn Uhr, anschließend täglich, ob es stürmte oder in Strömen regnete, eine Runde durch den Stadtpark und donnerstags zum Herrenabend. Meine Mutter, stets gepflegt und sorgfältig zurechtgemacht, besorgte den Haushalt, engagierte sich bei Wohltätigkeitsbasaren und Schulfesten, kochte hervorragend, trank heimlich und suchte die bittere Spur mit Eukalyptusbonbons zu übertünchen. Sie luden regelmäßig zum Essen ein, um sich unterhalten zu lassen. Sie wurden ebenso oft eingeladen, weil es sich so gehörte. Und wenn ich als Jugendlicher diese Abende beobachtete, mir die wechselnde Besetzung an unserem Esstisch ansah, kam es mir stets so vor, als hätten die Anwesenden längst alles offeriert, was sie einander zu bieten gehabt hatten, und verwalteten bloß mehr ihre Beziehung. Gesellschaftliches Miteinander dieser Prägung verläuft in Wellenbewegungen, weiß ich heute und gehe ihm konsequent aus dem Weg. Wellen, die mit starker Brandung starten, um abzuflauen und letztlich, der guten Ordnung halber und aus Langeweile, dahinzuplätschern. Sie müssten mal wieder die Soundsos einladen, befand Mutter, woraufhin Vater nickte. Es gab keine Intensität, nichts Persönliches, keinen Wunsch mehr. Man *musste*. Gäste und Gastgeber hatten einen Punkt erreicht, an dem sie nur noch minimal ineinander investieren wollten. In diesem Hochsicherheitsalltag hatten die Eltern sich eingerichtet, besondere Vorkommnisse gab es nicht.

Georg nickte wissend, als ich es für ihn in Worte fasste, und er schaute zu Boden, als ich schloss, dass ihr Dasein acht und sieben Jahre zuvor so diskret und prosaisch geendet hatte, wie die Eltern es lebenslang geführt hatten. Sie hatten zeit ihrer Ehe irgendwie miteinander, aber nicht ohneeinander sein können, und seitdem Vater eines Morgens nicht mehr aufgewacht war, war es mit Mutter jeden Tag weiter bergab gegangen. Ob sie schließlich absichtlich oder in zunehmender Verwirrung die Medikamente in falscher Dosierung und mit Alkohol eingenommen hatte, wusste am Ende niemand zu sagen. Die Nachbarin hatte sie leblos im Schlafzimmer auf meines Vaters Bettseite gefunden. Ich war weit weg gewesen, als sie starben. Jeder für sich, waren sie allein gegangen. Von keinem der beiden hatte ich mich verabschieden können.

»So wenig wie du«, fügte ich hinzu und sah Georg an. »Ich wusste nicht, wo du bist. Ich konnte dich nicht benachrichtigen.«

»Als ich von ihrem Tod erfuhr, wollte ich dich zuerst anrufen«, entgegnete Georg leise, »aber deine Eltern und ich, wir hatten uns auseinandergelebt. Es kam mir falsch vor, mich ausgerechnet in diesem Moment zu melden.«

»Auseinandergelebt? War es nicht eher ein handfestes Zerwürfnis?«

Georg sah mich an. Schüttelte den Kopf. Nicht in Verneinung. Aus Hilflosigkeit.

»Erzähl mir mehr von Patricia«, bat er.

Patricia also. Meine Frau auf dem Papier, die Meteorologin ist und deren Nachbetrachtung von Menschen dem Kennenlernen so beständig folgt wie Regen auf Sonne. Die zunächst neutrale Einschätzung verlagert sich mit hundertprozentiger Sicherheit in ein Tief, das jede Regung, jeden Satz, jedes Detail des Gegenübers in ein schweres Wolkenband hüllen und sich – je nach Großwetterlage – wieder auflösen kann, aber nicht muss. So klug und interessiert Patricia ist, so insgeheim kritisch bleibt sie Menschen gegenüber. Warum, habe ich nie herausgefunden. Von schlechten Erfahrungen weiß ich nichts; vielleicht ist es so simpel, dass Misstrauen zu ihren Eigenschaften zählt. Sie lässt sich nie schrankenlos auf andere ein (die Geschichte mit Jesper bildet da keine Ausnahme), und während ich dies schreibe, wird mir erst bewusst, wie sehr sie in dieser Hinsicht den Eltern ähnelt. Patricia ist freundlich, wie sie es waren, konstant auf einem Level, der nie an Intensität gewinnt. Ihr genügt ein Vertrauter. Sie ist, so formuliere ich es wohl am besten, eine skeptische Einzelgängerin mit Symbiosewunsch in der Partnerschaft. Der ging so weit, dass sie uns für eine Tour durch Irland mit identischen Wanderjacken, Rucksäcken und Schals ausstattete. Motivation, nannte sie das. Und ich fragte: Damit uns die Schafe von Connemara als Paar erkennen? Das, zum Beispiel, fand sie zynisch, während ich ihren Umgang mit körperlicher Nähe zynisch fand. Dafür, also für intime Bewegungen, galt dasselbe wie fürs Wandern. Wir hatten nie denselben

Rhythmus, konnten einander nur wenig abgewinnen, und am Ende liebten wir uns überhaupt nicht mehr. Oder dreimal im Jahr. Wagte ich einen Versuch der Annäherung, damit überhaupt etwas geschah, wiegelte sie ab: Hora! Das bringt doch nichts! Ich kam mir vor wie ein bedürftiger Bittsteller und sie fühlte sich bedrängt. Es war der Ehe wahrlich nicht zuträglich. Zu Hause fühlt sich Patricia vor allem im Kreis von Kollegen. Fachleuten, die sich, wie sie, in den Details eines Satellitenfilms verlieren oder tagelang über eine einzige Messung streiten können. Ich erläuterte Georg, dass Patricia nach zwei Jahren in Norwegen inzwischen ein Großprojekt von Bremerhaven aus leitete, mit dem Klimaforscher aus zwanzig Ländern die Eis- und Klimavorhersagen verbessern wollten, um zu verstehen, wie die Veränderungen an den Polen das Wetter beeinflussen, und um die Risiken für den Schiffsverkehr besser einschätzen zu können. Sie sei viel unterwegs, teilte ich ihm mit, liebe ihre Arbeit, habe wechselnde Freunde und keine Kinder, die sie nie hatte haben wollen.

»Und du?«, fragte er dazwischen.

Ich zuckte mit den Schultern. Wozu vom Phantomschmerz sprechen, der mich, Männern kaum zugestanden, mit zunehmendem Alter mehr quälte. Wozu dem Onkel die ursprüngliche Idee einer Großfamilie aufzeichnen, von Geschwistern fantasieren, die ich gern gehabt, wenigstens aber hätte in die Welt setzen mögen. Müßig, die Auseinandersetzungen zu schildern, zu denen das Thema stets geführt hatte. Nicht du, ich müsste sie kriegen. Nicht du, ich würde da sein müssen. Es war verpasst. Wollte ich nicht mit irgendeiner Frau ein später Vater werden, was ich nicht beabsichtigte, würde nichts von mir bleiben. Niemand da, den ich beim Großwerden anschauen und an die Hand nehmen konnte, der mich, den Eigenbrötler, nie unbeteiligt gelassen hätte. All das gehörte nicht ausgesprochen. Ich hob und senkte zur Bekräftigung noch einmal die Schultern, gab die Frage lieber zurück.

»Keine Kinder«, antwortete Georg. »Zu viel Verantwortung für einen wie mich.« Was, nahm ich an, der halben Wahrheit Genüge tat.

»Du weißt sehr viel von einer Frau, mit der du eigentlich nichts mehr zu tun haben willst«, wechselte er das Thema.

»Patricia würde es nicht als Wissen bezeichnen. Was ich dir erzählt habe, sind Eckdaten. Jemanden zu kennen, sagt sie, ist etwas anderes. Vielleicht hat sie recht.«

So nahe es lag – ich erkundigte mich hieran nicht nach seinem Bündnis mit Gott. Wann und, vor allem, warum er Mönch und Priester geworden war. Ich wollte es wissen, natürlich wollte ich das, ich brannte auf die Antwort. Aber ich wollte nicht darum bitten, denn ich muss zugeben, dass mir die kopfschüttelnden Eltern und die zuknallende Wohnungstür besser in Erinnerung waren, als ich gewusst hatte. Ich wollte nicht inquisitorisch sein, wollte nicht, dass der Onkel die Tür noch einmal zuzog, jetzt, da wir uns gerade wiedergefunden hatten. Und so hakte ich an diesem Tag auch nicht nach, was genau ihn nach all den Jahren zu mir zurückgebracht hatte, welche wichtigeren Angelegenheiten ihn so lange Zeit und selbst beim Tod der Eltern von mir ferngehalten hatten, ihn, den Priester, der doch schon von Berufs wegen hätte da sein sollen. Ich schob den Gedanken fort. Die Eltern waren nicht Grund seines Kommens. Hätte er ihr Grab besuchen wollen, wäre er nach Hamburg gefahren. Nicht an den Rhein, nach Bonn, wo ich diese Professur innehabe. Er war zu mir gekommen. Ich fragte Georg, wie lange er bleiben würde. Ob wir unsere Unterhaltung fortsetzen konnten, was ich mir wünschte.

»Natürlich«, antwortete er, »fürs Erste bleibe ich hier.«

»Fürs Erste?«

»Ich bleibe eine Weile.«

Ich sah ihn an, ihn und seinen Koffer, unschlüssig, ob ich ihn einladen sollte oder gar musste, bei mir zu wohnen, und zögerte. Ich wäre nicht glücklich gewesen, hätte er eine Einladung angenommen. Ich habe das Alleinsein und die Freiheit in dem Bonner Apartment schätzen gelernt. Es unterscheidet sich sehr von der kleinen, behaglich eingerichteten und mit allerlei Tand geschmückten Altbauwohnung, die Patricia und ich in Hamburg bewohnt hatten. Mein Zuhause ist ein großzügiger, heller Raum mit einem angrenzenden winzigen Gäste- und Fernsehzimmer, es beherbergt wenige, ausgesuchte Möbelstücke in Braun, Weiß und Schwarz – Couch, Esstisch, Stühle, Sessel, Bücherregale und den Flügel –, die Küche befindet sich im Hauptraum, von dem sie nur durch einen dunkelbraunen Block getrennt ist, in dem sich Herd und Spülbecken befinden. Das Badezimmer ist ein kleiner Tanzsalon ganz in Weiß mit bodentiefen Fenstern und Terrasse. An den Wänden hängen keine Bilder, und nirgends steht ein Silberrahmen mit Foto herum, von denen Patricia nicht genug aufstellen konnte, was ich immer seltsam fand: dass man Ehemann, Patenkinder, Eltern, Freunde und sogar sich selbst auf die Kommode stellt, um sich an die Existenz der einen oder an bessere Zeiten seiner selbst zu erinnern. Mir nahm das den Atem, insbesondere gegen Ende, während mein heutiges Zuhause für mich wie Sauerstoff ist. Es gibt mir Luft. Durchaus schätze ich Gesellschaft und gelegentlich auch Besuch. Aber ich gebe zu, dass ich ebenso froh bin, wenn eine Frau (derzeit Eva) am nächsten Morgen fort ist oder der Besuch abreist und meine Wohnung sich in das klare, aufgeräumte Refugium zurückverwandelt, das sie für mich ist. Wenn das Schlafsofa im Gästezimmer wieder vom Bett zur Sitzgelegenheit wird, Taschen und Koffer verschwinden und im Badezimmer nur noch meine Handtücher hängen. Ich lasse abends gerne das Geschirr in der Spüle stehen, ohne zu denken, es sei eine Zumutung für den Gast. Ich möchte Whisky trinken, ohne Gefahr zu laufen, für einen gewohnheitsmäßigen Trinker gehalten zu werden, während ich es nur mit Burns halte und dem Satan trotze. Ich genieße es, in aller Ruhe auf meinem Sofa zu liegen und Musik zu hören – Coltrane, Getz, Mehldau, Mulligan, Metheny –, und ich sitze ab und zu an meinem Flügel und spiele, ein wenig zu sentimental, *Here's that rainy day, Kelly's Blues* und solche Sachen, jedenfalls dankbar, dass es niemand hört und niemand mich bittet, für ihn zu spielen, denn anschließend lege ich grundsätzlich Peterson auf und lasse mir bestätigen, dass ich doch mehr zum Zuhören geboren bin.

Glücklicherweise gab Georg kund, er habe eine Zimmerbesichtigung vereinbart, weswegen er aufbrechen müsse. Ich bot an, ihn zu begleiten, und so standen wir eine halbe Stunde später vor Frau Fischbach, einer Kosmetikerin im Ruhestand, die in einem zwei Fenster breiten, nicht mehr taufrischen, spätklassizistischen Haus in der Altstadt lebte, nicht weit von meiner Wohnung entfernt. Mit den Untermietern, gab sie uns zu verstehen, stocke sie ihre Rente auf und arbeite der Einsamkeit entgegen. »Wenn man, wie ich, tagtäglich mit vielen Leuten zu tun gehabt hat, fällt einem so allein schon mal die Decke auf den Kopf. Jetzt kann ich für meine Gäste kochen, ihre Wäsche waschen, was extra kostet, und mich nützlich fühlen.« Frau Fischbach, klein, ganz in Schwarz gekleidet, lavendelfarbene Augen, graues, kurzes Haar, war eine aparte, energische Erscheinung. Und ihre Wohnung weitaus geräumiger, als man von außen vermutet hätte. Sie führte uns durch den mintgrünen Flur mit einem scheußlichen persischen Läufer, deutete auf eine Tür links, hinter der »mein spanischer Friseur« wohnte, wie sie es sagte, und zeigte uns das Zimmer daneben. Ein schmaler, länglicher Raum mit einem Fenster an der Stirnseite, das zur Heerstraße mit ihren Kirschbäumen hinausging, links davon ein Bett mit Nachttisch und Lampe, vor dem Fenster ein weißer Tisch mit Stuhl, rechts ein Kleiderschrank, dessen Türen mit blau-weißem Blumenstoff bezogen waren.

»Das Bad müssen Sie sich mit Pedro teilen, gleich nebenan«, sie zeigte auf die Wand. »Die Küche gehört mir, genauso das Wohnzimmer. Für Getränke und Snacks gibt es eine Minibar in Ihrem Kleiderschrank, und bitte keine Kochplatte aufstellen. Wie lange wollen Sie bleiben?«, fragte sie, und wir beide sahen Georg an.

Er zuckte mit den Schultern. »Einige Monate auf jeden Fall.«

»Was machen Sie denn hier?«, erkundigte sich Frau Fischbach, als würde ihr das verlässlicher Auskunft darüber geben, wie lang mit dem neuen Mieter zu rechnen war.

»Ich bin Priester und promoviere derzeit an der hiesigen Universität«, antwortete er zu meiner Überraschung.

»Priester sind Sie?«, rief Frau Fischbach und klatschte in die Hände. »Na, das hatten wir hier noch nie!«

»Es kann eine amüsante Erfahrung werden, glauben Sie mir«, antwortete Georg.

Worauf Frau Fischbach resolut entgegnete: »Lassen Sie mir ja die Finger von meinem Pedro!«

2

Ruitzhof. Gegen die Ureinwohner der Eifel ist nichts zu sagen. Sie sind wie ihre Umgebung: verhältnismäßig milde und relativ kühl. Vermutlich liegt es am Atlantikklima, das hier, am Westrand Deutschlands, gerade noch zum Tragen kommt und sich durch hohen Niederschlag auszeichnet. Ich habe es nachgelesen: Die mittlere Jahrestemperatur liegt bei 6,5 Grad Celsius in hohen Lagen und bei 8 Grad Celsius in den tiefen. Unersprießlich. Meines Erachtens beeinflusst das ungünstige Klima Menschen und Landwirtschaft gleichermaßen. Herr Kaulard jedenfalls, Nachbar und Eifelbauer in dritter Generation, ist frei von jeder Illusion, es mit seinem Hof noch zu irgendetwas zu bringen. Er hat Hühner, Kühe, zwei Kartoffelacker, seine Frau hat einen zauberhaften Obst- und Gemüsegarten; sich über das Wetter auch nur zu äußern, liegt beiden ferner als die Marsbesiedelung durch den Menschen. Herr Kaulard mäht mit seinen bald siebzig Jahren den Rasen, selbst wenn es aus Eimern schüttet. Er reinigt die Dachrinnen bei Windstärke 7. Und Frau Kaulard bestellt ihren Garten auch bei Hagel, der gelegentlich aus heiterem Himmel erschauert (ich weiß nicht, warum). Ab und zu stellt sie mir frische Karotten, nussigen Portulak (einen vorzüglichen Salat, dem sie Heilkräfte zuschreibt), Erbsen und Bohnen in einem Korb vor die Tür, dazu ein paar Eier und jeden Morgen eine Flasche frische Milch, von der ich nicht weiß, was ich mit ihr anfangen soll – ich brauche Milch nur für den Kaffee –, aber es erscheint mir unhöflich, Frau Kaulard dies mitzuteilen.

An einem herrlichen Augusttag hat Georg mich ihnen vorgestellt. »Das ist mein Patensohn«, es klang ein wenig stolz, »ich gehe davon aus, dass auch er gelegentlich Zeit hier auf dem Land verbringen wird.« Und Herr und Frau Kaulard sahen mich aus ihren gemächlichen, wetterfesten Gesichtern an, nickten, sagten nichts, fragten nichts, und ich entgegnete nicht, dass ich keineswegs davon ausging, gelegentlich Zeit auf dem Ruitz zu verbringen. Wir ließen die Worte des Onkels unkommentiert stehen. Wie man aber sieht, hat er recht behalten, es ist anders gekommen.

Nun grüßen mich die Kaulards jeden Tag, verrichten darüber hinaus wortkarg die Dienste an ihrem und diesem Haus, im Winter schippten sie wochenlang Schnee, schafften Holz für den Kamin heran, reparierten den Geräteschuppen und fuhren in unregelmäßigen Abständen – ich zumindest konnte keinen Rhythmus in den An- und Abfahrten erkennen – ins benachbarte Kalterherberg, das so aussieht, wie es heißt. Als ich, wegen des schlechten Empfangs in Ruitzhof, während meiner ersten Besuche mit dem Telefon vor dem Haus auf und ab lief, ständig überprüfend, wo die meisten Balken auf dem Display sichtbar wurden, um dort abrupt anzuhalten und einen Anruf zu versuchen, standen sie am Fenster, sahen mir zu, schüttelten weder den Kopf noch lachten sie mich aus. Die Kaulards standen einfach da und beobachteten gleichmütig, wie ich einer Telefonverbindung wegen seltsame Dinge tat. Inzwischen haben sie sich daran gewöhnt. Sie stehen auch nicht mehr am Fenster, wenn ich ein Netz suche.

Was einen wie Georg, der im Leben nichts ausgelassen hat, der etliche Liebschaften hatte und zweimal kurz vor einer Heirat stand, sich dann aber doch zu wilden Ehen entschloss (nennt das außer mir noch irgendjemand so? Manche Redewendungen dürfen nicht in Vergessenheit geraten, sie sind zu epochal), der sich also zu wilden Ehen entschloss, da seine Gefährtinnen und er die Institutionalisierung der Liebe für eine ähnlich unzweckmäßige Erfindung wie viereckige Wassermelonen hielten, der nach dem Studium der Rechtswissenschaften sein Glück als Anwalt, als Barpianist und als Schaffarmer in Schottland versuchte, was also einen wie ihn dazu gebracht hat, in eine der extremsten Ordensgemeinschaften der katholischen Kirche einzutreten – es beschäftigte mich seit meiner ersten

Internetrecherche mindestens so sehr wie die Frage, wie ich selbst, genauer betrachtet, zum Glauben stehe. Denn diese Frage brachte Georg mit sich, ohne sie explizit zu stellen. Wie die meisten hatte ich irgendwann einmal darüber nachgedacht, war in dieser Überlegung bis zu einem Punkt X gegangen, um festzustellen, dass manches nicht zu beantworten ist und deswegen besser ruhen sollte. Georg allerdings bedeutete Unruhe. Georg störte. Störte das Abkommen, das ich in dieser Angelegenheit mit mir geschlossen hatte. Störte, ohne ein Wort zu sagen. Dies hatte ich zu meiner Bestürzung, wie gesagt, gleich nach seinem Anruf aus Argentinien über ihn in Erfahrung bringen können: dass er zuletzt in der Auvergne in der Abtei Notre-Dame de Bellaigue zu Hause gewesen war. Bei Mönchen, die die Liturgie in der außerordentlichen Form des römischen Ritus feiern, die Öffnung der Kirche im Rahmen des Zweiten Vatikanischen Konzils ablehnen und der Bruderschaft St. Pius X. verbunden sind, sich zwar Benediktiner nennen, aber keiner benediktinischen Kongregation angehören. Der Onkel war also mehr oder weniger ein Piusbruder, über die ich wusste, was alle Zeitungsleser wissen. Es empörte mich.

»Wie und warum bist du in *diesen* Orden geraten?«, fragte ich ihn bei einem unserer Treffen, die sich seit seiner Ankunft in Bonn zweimal wöchentlich ereigneten, als hätten wir es so verabredet.

»Ich habe ihn mir ausgesucht«, lautete seine Antwort. Er bemerkte meinen Blick. »Ich habe gute Gründe, Hora. Lässt du das gelten?«

»Nicht wirklich«, erwiderte ich. »Warum erklärst du es mir nicht?«

»Das tue ich doch!«, rief er. »Vielleicht verstehst du es so am besten: Ich habe mich, nach ziemlich viel Leben, für die Ewigkeit entschieden.«

»Eine extreme Ewigkeit«, entgegnete ich.

»Das stimmt. Aber alles andere ergab für mich keinen Sinn.«

Da Georg beharrlich keine weitere Auskunft dazu gab, begann ich, über die Piusbrüder zu lesen. Um seine Gründe zumindest zu verorten. Ich wollte ihn verstehen. Wenn ich daran zurückdenke, hier, in Ruitzhof, muss ich hinzufügen, dass ich ihn deshalb zu verstehen suchte, weil ich es nicht glauben *wollte*. Es wollte mir nicht gelingen, Onkel und Orden zusammenzubringen. Zumal Georg viel von sich preisgab, doch nichts davon zu einem rückschrittlichen, illiberalen Priester passte. Auf gemeinsamen Spaziergängen, bei Museumsbesuchen, Abendessen in Restaurants oder Gesprächen in meiner Wohnung warf er mir oft, wie im Vorbeigehen, Puzzleteile seines Lebens zu, deren Einordnung mir Schwierigkeiten bereitete. Fragte ich jedoch nach, wann genau was geschehen war, winkte er ab.

»Vermutlich in den Siebzigern.«

Erkundigte ich mich, wie diese oder jene Freundin

hieß, lachte er kokett. »Ich glaube Anne. Wir haben nur acht Monate zusammengelebt – ich bitte dich, Hora, wie soll ich mich daran erinnern?« Fasste ich den Mut und forderte ihn heraus: »Was ist damals zwischen meinen Eltern und dir passiert?«, entgegnete er, das seien alte Geschichten, sie wären einfach uneins gewesen. Und sogleich wechselte er uneinholbar das Thema. Gerne hin zur Musik. Wieso Jazzpianisten neuerdings bei Konzerten immer auf ihre Saiten klopften, statt auf den Tasten zu spielen, was sie bloß gegen Tasten hätten, sinnierte er beispielsweise. Oder zum Sport: Es erschließe sich ihm einfach nicht, weshalb immer mehr Menschen im Liegen Fahrrad führen. Zum Essen: Oh, welches Elend in Deutschland! Ein Land im Überfluss, aber gegessen werde Currywurst. Oder seiner Promotion: Er könne mir nicht sagen, wie sehr er es genieße, jedes Detail über dieses Kloster herauszufinden. Er wolle jeden Kiesel umdrehen. Im Ägyptischen Museum vor dem Modell des Tempels von Medinet Habu fragte ich ihn einmal auch nach meinen Großeltern, wie sie gewesen waren. Ich hatte keine Erinnerung an sie. Seine Antwort: »... und wenn man nun unumwunden, wie vor dem Gott Osiris, sein Herz auf die Waagschale legen müsste?«

Georg entschied, worüber wir sprachen, und war, trotz meiner Fragen, nicht willens, mehr über sich preiszugeben, als ihm gerade passte. Ich biss mir, einem

Pennäler gleich, die Zähne an ihm aus und fand mich voller Unbehagen in meiner Kindheit wieder, in einer Garderobennische, unter dem Mantel des Schweigens. Doch so recht passte das Muster nicht, denn Georg öffnete sich durchaus. Nur nicht in der Ausführlichkeit, die ich mir wünschte. In der Universitätsbibliothek trug ich daher weiter Zeitungsartikel, Aufsätze, kirchenrechtliche Erörterungen über seine Glaubensheimat zusammen. Ich suchte und druckte aus, was ich nur finden konnte, allerdings war die Ausbeute über das Kloster in der Auvergne mager, während die Piusbrüder, 1970 als Priesterbruderschaft gegründet, Seiten füllten. Gemeinhin wurden sie, eine der netteren Umschreibungen, als Traditionalisten bezeichnet, weil sie an jenen Lehren der Kirche festhielten, die das Zweite Vatikanische Konzil in den Sechzigerjahren ihrer Meinung nach aufgegeben hatte. Ökumene, Religionsfreiheit, Aussöhnung mit dem Judentum, der wissenschaftliche Umgang mit der Bibel, die Abschaffung der Kanzelpredigt und des Messopfers, das der Priester mit dem Rücken zur Gemeinde feierte: In den Augen der Piusbrüder nichts als Teufelswerk. Ich las, dass sie die *authentische* katholische Lehre wiederherstellen und verbreiten wollten und bereits seit 1975 keinen kanonischen Status mehr hatten und damit keine Berechtigung, Priesterseminare, Priorate und Kirchen zu betreiben. Der Vatikan erkannte zwar ihre Messen, die nach dem alten lateinischen, tridentinischen Ritus vollzogen wurden, als gültig an, riet aber von ihrem Besuch ab. Kirchenrechtlich seien sie unerlaubt, dogmatisch jedoch gültig. Zwischendurch waren, in den Achtzigerjahren und begleitet von einigem Medienrummel, ohne Genehmigung durch den Vatikan – also kirchenrechtlich unerlaubt, sakramental jedoch gültig – vom Gründer der Bruderschaft vier Bischöfe geweiht worden, die vom damaligen Papst exkommuniziert, Jahre später aber von seinem Nachfolger wieder in die Kirche aufgenommen wurden. Sie waren weiterhin als Bischöfe suspendiert und durften keine Sakramente spenden. Und obgleich sie sakramental gültig geweihte Priester und Bischöfe waren, wirkten sie ohne kirchliche Erlaubnis, es gab Gespräche mit dem Vatikan, hier und da Entgegenkommen, aber keine glasklare Lösung ... Was war das für ein Verein? Weltweit um die 600 Priester. Und Georg einer davon. Etwa 600 000 Anhänger rund um den Globus – wer zählte so etwas zuverlässig? Allein in Deutschland 50 Zentren – vor allem im Süddeutschen. Ein Kloster, ein Schwesternnoviziat, ein Altenheim und sieben Privatschulen, die staatliche Unterstützung erhielten. Auch das noch. Je mehr ich über die Piusbrüder las, desto unsympathischer wurden sie mir: Sie waren Holocaust-Leugner (nachweislich zumindest einer von ihnen), Sympathisanten von Rechtsextremisten, Antisemiten, Islamfeinde (obwohl sie den strengen Regeln des Islams anfangs noch viel hatten abgewinnen können), Homophobe, Gegner der Gleichberechtigung ... Für einen renommierten Politikwissenschaftler waren sie gar ein Fall für den Verfassungsschutz, da sie einen katholischen Gottesstaat anstrebten. Ich saß vor all den Unterlagen, auf meinem Computerbildschirm noch das erstarrte Videobild ihres Generaloberen, dessen Ansprache zu einem Jubiläum ich mir über eine Internetplattform angesehen hatte, und ich dachte an meinen Onkel in seinem furniermöblierten Universitätsbüro im Historischen Seminar, dieser kargen, von seinen Vorgängern beposterten Schreibstube, an den Onkel mit dem zerbeulten Koffer in seinem Minibar-Zimmer bei Frau Fischbach, den Onkel mit einem Glas Wein in der Hand und Pasta mit Flusskrebsen auf dem Teller, den wählerischen Onkel, der Tage damit zugebracht hatte, den besten Kaffee der Stadt zu finden, den warmherzigen Onkel, dem die familiären Nöte eines türkischen Betriebswirtschaftsstudenten nahegingen – und ich konnte mir keinen Reim auf ihn und den Orden machen.

»Du hast dir wahrhaftig die schlimmste Truppe ausgesucht«, kam ich zu bemerken nicht umhin, als wir uns das nächste Mal trafen.

»Ich war nur konsequent«, antwortete er. Und wechselte das Thema.

So unerhört es klingt: Weder seine Verschwiegenheit noch seine Zugehörigkeit zu diesem Orden taten meiner Sympathie für Georg Abbruch. Da ich ihn nicht im Kontext seines, sondern meines Alltags erlebte, in den er sich übrigens so selbstverständlich einfügte, als sei er immer da gewesen, und weil ich es schön fand, ihn wiederzuhaben, gelang es mir, das Wissen um diese Hintergründe abzuspalten, bisweilen sogar völlig zu verdrängen.

»Hat zufällig schon jemand den neuen Doktoranden in unserem Seminar kennengelernt, diesen älteren Priester?«, fragte drei Wochen nach Georgs Auftauchen Kollege Schöning von den Historikern in der Mittagspause. Wir saßen in einem Bistro und aßen Schnitzel.

»Warum fragst du?«, erkundigte sich mein Assistent Klaus Wollgarth.

»Der Mann scheint Humor zu haben. Hat der Sekretärin des Rektors nahegelegt, sich Sexspielzeug zuzulegen.«

Die Beschreibung der Sekretärin des Rektors erscheint mir an dieser Stelle unerlässlich: Frau Günster, Anfang dreißig, rote Haare, asymmetrischer Bubikopf, sehr hübsches Gesicht, von verdrießlicher Ausstrahlung, bärbeißig und korrekt bis zur Schmerzgrenze.

Das Gelächter an unserem Tisch war laut.

Schöning hatte Freude an der Erzählung: »Er hat ihr gesagt, und ich zitiere Frau Günster, es gebe viele Wege zu irdischer Erfüllung, manchmal seien sie auch käuflich zu erwerben, wenn es am geeigneten Partner fehle. Dagegen sei nichts einzuwenden, sofern es sowohl der Gemütsverfassung als auch der Hilfsbereitschaft zuträglich sei. Sie will Beschwerde einlegen, wobei ich nicht weiß, wie das im Fall von Priestern heißt, und sie nicht wusste, ob sie sich dafür an den Papst wenden muss.«

Als ich Georg darauf ansprach, zeigte er sich reumütig.

»Ich dachte, es wäre hilfreich. Manchen Menschen ist nicht klar, dass sie für ihr Glück selbst verantwortlich sind. In jeder Hinsicht, meine ich.«

»Und da bist du ausgerechnet auf Sexspielzeug gekommen? Kleine, nützliche Helfer?«

»Ich war mal juristischer Berater einer Firma, die mit Sex-Artikeln viel Geld gemacht hat. Weiß nicht, wie gut du dich da auskennst, für mich war es jedenfalls eine Welt der Wunder. Ich hatte ja keine Ahnung, was es alles gibt. Daher hielt ich es für eine gute Empfehlung. Es war nicht anzüglich gemeint.« Er wirkte zerknirscht.

»Wann hast du denn für diese Firma gearbeitet?«, stellte ich meine übliche Frage.

»Irgendwann in den Siebzigern.«

»Schon wieder die Siebziger«, erwiderte ich. »Ich müsste es wohl andersherum versuchen: Was hast du in den Siebzigern eigentlich nicht gemacht?«

»Als Priester und Mönch gelebt.«

»Und wo war das – also deine Kanzlei, mit der du die Sexfirma beraten hast?«

»In Wedel. Wenn ich mich recht erinnere, ging es damals zunächst um einen Urheberrechtsstreit. Diese und jene Sequenz eines Pornofilms sei einem anderen

Porno nachempfunden. Eine wirklich sehr komische Sache, weil wir wieder und wieder diese Sequenz ansehen mussten, die – wenn man sie in einem Büro mit drei Anwälten und zwei Stenotypisten anschaute – zusehends lächerlicher wurde. Und weil der Richter nachdrücklich vom Kläger wissen wollte, was an Sex zwischen einem Heizungsmonteur und einer leicht bekleideten Wohnungsinhaberin die schützenswerte Eigenidee sei.«

»Erinnerst du dich an die Antwort?«

»Leider nicht. Aber ich weiß noch, dass es am Ende um eine bestimmte Kameraeinstellung ging und den Hammer im Blaumann als metaphorisches Element.«

Ich musste lachen. »Und anschließend hast du weiter für diese Firma gearbeitet?«

»Genau. Es ging vor allem um Lizenzprodukte. Ich bekam die skurrilsten Dinge auf den Tisch.«

»Was fandest du am skurrilsten?«

»Die Batterien«, erwiderte er.

»Weißt du, dass es inzwischen Scharia-konforme Erotikartikel mit dem Prädikat ›halal lifestyle‹ gibt?«, fragte ich.

Er schüttelte den Kopf. »Ich frage besser nicht, woher du das weißt.«

»Kannst du aber sorglos. Es stand in einem Aufsatz über den modernen Islam im Uni-Magazin.«

In diesem Sommer des Bienensterbens und der Mückenplage verbrachten wir viel Zeit miteinander, Georg und ich. Seit Jahren familienlos, was ich zur unbedeutenden Tatsache heruntergedacht hatte, konnte ich nicht mitreden, wenn Freunde und Kollegen über pubertierende Kinder Auskunft gaben, über Schulprobleme, über Besuche bei schwerhörigen Eltern oder den Wahnsinn von Altersheimen und die Sorgen um Pflegebedürftige. Weihnachten hatte ich bisher entweder vor dem Fernseher, mit Freunden unterm Christbaum oder in einer Gruppe Weihnachtsdissidenten beim Essen verbracht – einmal auf einer Skihütte in Österreich, ein anderes Mal in Marokko. Letzteres hatte sich als erstaunlich uneffektiv erwiesen. Will man Weihnachten entkommen, steht es ohne Baum noch überdimensionaler im Raum.

»Warum feierst du überhaupt Weihnachten, du Atheist?«, fragte Georg, als ich ihm von meiner Afrika-Reise aus dem Vorjahr mit einem Kollegen von der Uni Köln erzählte.

»Ich bin Agnostiker«, protestierte ich, »selbstredend kann ich nicht beweisen, dass es deinen Gott nicht gibt. Und ich feiere Weihnachten nicht. Ich bin gewissermaßen kulturreligiös und komme nicht drum herum. Es ist unumgänglich.«

Welche Magie und Kraft dieses Fest in meinen frühen Kindertagen ausgestrahlt hatte! Ab mittags war mir das Wohnzimmer versperrt gewesen, und aus der Küche waren die herrlichsten Düfte geströmt.

Lachspastete. Consommé. Gänsebraten. Die Eltern waren mit mir spätnachmittags zur Kirche gegangen, was wir ansonsten höchst unregelmäßig taten, und sobald wir zurückkamen, schaute Vater im Wohnzimmer nach, ob die Luft rein war und das Christkind ordentlich gearbeitet hatte. Ich musste Klavier spielen, bevor ich meine Geschenke auspacken durfte, die alljährlich denselben Sessel als Präsentationsfläche belegten. Meine Eltern standen neben dem Flügel, festlich gekleidet, jeder ein Glas Sekt in der Hand, und ich klimperte *Stille Nacht* oder das schwermütige *Es kommt ein Schiff geladen*, das Mutter lieber war. Eine seltsame Prozedur, denn nur an diesem Abend hörten mir die Eltern zu. Spielte ich an anderen Tagen, gingen sie ihren gewohnten Tätigkeiten nach, hörten kaum hin oder beschwerten sich, als ich älter war, über bestimmte Stücke. Spiel doch mal etwas Ruhigeres, kam dann. Manchmal hatte ich in solchen Momenten an Georg gedacht. Wie es gewesen war, wenn er gespielt hatte. Wie sehr ich ihn beneidet hatte um seine Virtuosität, seine Passion, sein Gefühl fürs Instrument, wie er jede stille Nacht in eine glitzernde verwandelt hätte. Ich wollte spielen wie er, spielen, was nichts mit *Es kommt ein Schiff geladen* zu tun hatte, denn schon als Kind war mir Weihnachten suspekt. Damals fand ich zwar schön, leuchtete mir aber nicht ein, warum ausgerechnet an diesem Abend in jedem Haus, in jeder Wohnung Kerzen brannten und Geschenke verteilt wurden, während Jesus' Ankunft terminlich nicht als gesichert gelten kann und sich schon die Evangelisten nicht einig sind über Stall- oder Höhlengeburt in Bethlehem oder Nazareth. Als ich mit siebzehn zum ersten Mal am Heiligabend gegen Mitternacht, nachdem sich die Eltern schlafen gelegt hatten, mit Freunden ausging, fühlte es sich an, als hätte ich mich von einem Kult befreit. Auf dem Weg zu meiner Verabredung, auf dem ich darüber nachdachte, welche Symbole wohl in Kirchen hängen würden, wäre Jesus anders gestorben, wäre er etwa verbrannt oder Tieren zum Fraß vorgeworfen, lebendig eingemauert oder vergiftet worden, während ich mich also fragte, ob Gläubige dann Feuerhobel oder Löwen oder Mörtel oder Phiolen anbeten und an Ketten um den Hals tragen würden, sah ich sie: All die Menschen, über die ich mir in den Jahren zuvor den Kopf zerbrochen hatte. Die an diesem Abend nicht vor einem Baum sitzen wollten oder konnten. Die allein spazieren gingen oder in einem der wenigen geöffneten Restaurants mit gleichgesinnten Freunden oder bloß einem Buch am Tisch saßen. Kellnerinnen und Kellner, die schnell eine Zigarette im Hauseingang rauchten. Obdachlose, die an der Alster aus Bussen heraus mit warmer Suppe versorgt wurden. Taxifahrer, die vor Hotels warteten, Zeitung lasen oder mit Portiers schnackten. Warm verpackte Polizisten, die Betrunkene einsammelten. Prostituierte, die Nikolausmützen zu ihren Lackstiefeln trugen und in diesen heiligen Stunden der Einsamkeit jede Menge Kundschaft zu bedienen hatten. An jenem Abend bin ich nicht mit meinen Freunden in die Disco gegangen. Ich bin durch die Straßen Hamburgs gelaufen und habe das andere Weihnachten gesehen.

Für die Treffen mit Georg vernachlässigte ich meine Freunde und Bekannten, ohne dass es mir auffiel, geschweige denn etwas ausmachte. Ihre Anrufe waren es, die mir klarmachten, wie bedeutsam es für mich geworden war, Zeit für den Onkel zu reservieren. Mein Tennispartner Jürgen schimpfte. Die Bonner Uni-Skatrunde mit dem sinnigen Namen BUS mahnte. Eva, meine ehemalige Doktorandin, mit der ich eine sporadische Liebesbeziehung unterhielt, schmollte. Charmante Hinweise kamen von Lena Petrell, Professorin für Neuere Geschichte, die vor sechs Monaten an unsere Uni berufen worden war. *Zeit für klebrige Mensa-Pasta?*, textete sie. Oder: *Ein paar Minuten Luft? Ich könnte Kaffee in grauenvollen Pappbechern irgendwohin tragen.* LP, wie sie im Kollegium genannt wurde, war sympathisch, keine Schönheit, aber attraktiv, mehr keck, unkompliziert, eine preisgekrönte Historikerin. Ihre Haut faszinierte mich – sie war vollkommen ebenmäßig, keine Rötung, kein Fleck, keine Narbe in ihrem Gesicht: eine wohlgestaltete Fläche von heller Symmetrie, das Kinn vielleicht ein wenig zu rund. Studium in England und Amerika, was sie neben ihrem jugendlichen Aussehen bei den Studenten beliebt machte. Allerdings sind Historiker Tristesse gewohnt. Wie in jedem Klischee steckt auch in diesem Wahrheit.

Verstaubte Bücher und näselnde Professoren mit kilometerlangen Schachtelsätzen. Fensterlose Seminarräume und dudendicke Leselisten mit ebenso umfangreichen Quellenverzeichnissen. Ad infinitum der Blick zurück, zurück, zurück – oft genug ohne neue Erkenntnisse fürs Hier und Jetzt. Lena Petrell war die willkommen diesseitige Ausnahme, bot Seminare an zur »Propaganda im Mittelalter« oder »Tiefenpsychologie in Weimar«, was ich originell fand, ihre Kollegen im Institut allerdings von Infotainment reden ließ. Die Guillotine des Urteils. Wir hatten uns beim Neujahrsempfang kennengelernt, immer wieder auf den Uni-Fluren getroffen und infolgedessen, Anfang Mai, zum Abendessen verabredet. Nein, das stimmt nicht ganz: Ich hatte sie eingeladen. Ihre Gesellschaft war anregend und spannend, forderte meine Einsilbigkeit auf unangestrengte Weise heraus; nichts, was sie vortrug, langweilte mich. Eine Brasserie am Fluss. Es war warm genug, um draußen auf der Terrasse zu sitzen. Wir tranken Weißwein von der Mosel und aßen Quiche, ich erkundigte mich nach ihrem Monumentalwerk zu den nationalsozialistischen Konzentrationslagern, das ihr Ruhm, Ehre und Fördergelder eingebracht hatte, aber sie schob die Brille in ihr kurzes Haar, das sorgsam unordentlich lag, als wolle sie sagen, dass sie an diesem Abend nicht beruflich unterwegs war. Die langen Recherchen, das erschöpfende Aktenstudium, die zermürbenden Besuche der KZs, die niederschmetternden Gespräche mit Überlebenden fasste sie kurz zusammen. Nicht unwirsch. Aber auch nicht gewillt, ins Detail zu gehen. Stattdessen stellte sie Fragen über Literatur, über die Stadt, über die Schifffahrt auf dem Rhein. Sie wollte wissen, ob der Roman Psychologie sei oder die Psychologie ein Roman, fragte, womit die deutsche Literatur begann, wo es in Bonn den besten Kaffee gab und wie oft ich schon eine Flusskreuzfahrt unternommen hätte. Und ich wusste nicht recht zu deuten: War es echte oder kalkulierte Uneitelkeit? Lena Petrell war derart aufmerksam, interessiert und zugleich von angenehmer Zurückhaltung, dass ich ungewollt die Rolle von Patricia übernahm, den Fehler im Bild zu suchen. Am Ende des Abends hatte sie um Revanche für die Einladung gebeten, aber ich war nicht sicher, ob sie es aus reiner Höflichkeit getan hatte. Eines Donnerstags traf ich sie in der Sushibar nahe der Uni. Mit einem Tablett in Händen trat sie an meinen Tisch.

»Man hat dich gesehen«, flüsterte sie gewollt verschwörerisch.

»Das tut man hier oft, stell dir vor!«, entgegnete ich im gleichen Ton und bot ihr an, sich zu setzen.

»Jedenfalls hoffe ich, dass du dich nicht mit dem Gedanken trägst, die Literaturwissenschaft gegen die Theologie einzutauschen und einem Orden beizutreten.«

Sie betrachtete ihren Teller, ergriff ihre Stäbchen und nahm ein Röllchen mit Lachs.

»Doch, durchaus«, antwortete ich.

Sie sah nicht auf. Tupfte das Lachsröllchen in Sojasoße. »Verständlich«, entgegnete sie, »er ist ein bemerkenswerter, überzeugender Priester.«

»Du kennst also auch die Geschichte mit Frau Günster.«

»Welche Geschichte?«

»Nicht wichtig. Warum hältst du ihn für bemerkenswert?«

»Wir waren neulich verabredet«, erklärte sie. »Es ergab sich, wir hatten uns in der Bibliothek getroffen, also sind wir zusammen essen gegangen, wovon er zweifellos etwas versteht. Wir hatten ein wunderbares Gespräch. Ein außergewöhnlicher Mann, kluger Kopf.«

»Er ist mein Patenonkel«, antwortete ich, was ich noch niemandem erzählt hatte.

Ihre Essstäbchen blieben auf halber Strecke zwischen Teller und Mund. Sie sah mich lange an. Sojasoße im Mundwinkel. Erstaunt. »Das hat er nicht erwähnt.«

»Warum sollte er auch?«

»Richtig«, bestätigte sie zerstreut, »warum sollte er …«

»Ich könnte übrigens nächsten Donnerstag«, vermeldete ich, wohl wissend, dass die beiden über mich gesprochen hatten. »Du wolltest doch eine Revanche?«

Sie legte die Stäbchen zurück auf den Teller, ihre grauen Augen ganz bei mir. Grau mit Porzellanglanz. Wie poliert.

»Schön«, antwortete sie, »ich kürze mein Seminar zu Weimar ab, und es gibt Thunfisch. Bei mir.«

Ich mag keinen Thunfisch. Aber das behielt ich für mich.

Je mehr ich von Georg erfuhr und über ihn hörte, desto unschärfer wurde mein Bild von ihm. Er war der Onkel, den ich kannte, den ich als Kind erlebt hatte. Und er war der Fremde, der mit einer Kollegin zu Abend aß und sie beeindruckte, der Studenten begeisterte, die mit der Kirche nichts im Sinn hatten, der ab und zu, ich hörte es von Frau Günster, in Hörsaal 1 – »Ohne Voranmeldung! Ohne Absprache!« – für jazzfreudige Studenten auf dem Flügel spielte. Einmal suchte ich ihn in seinem kleinen Büro im Historischen Seminar auf und traf zwei junge Leute an, die ihn erwarteten. Er war der kluge und hemdsärmelige Onkel, der in seinen früheren Leben als Anwalt mindestens ungewöhnliche Mandanten betreut, in Schottland am Moray Firth nicht nur Schafe gehütet, sondern vor allem in Findhorn, einer Kommune für Nachhaltigkeit und Spiritualität, gelebt hatte, der sich in Frankreich als Barpianist durchgeschlagen und in Israel und Italien der Religion angenähert hatte. Sein Leben bestand aus zehn Leben. Und manchmal wusste ich nicht zu sagen, ob er ein heilloser Aufschneider war oder realiter all das in ein Leben gepackt hatte, um so viel wie möglich mitzunehmen, um sich niemals vorwerfen zu müssen, etwas verpasst zu haben.

Übermittelte ich Patricia in unseren wöchentlichen Telefonaten die neuesten Begebnisse um den Onkel, lachte sie zunächst, um sogleich eine Armada von Gewitterwolken zu prophezeien. Georg *müsse* etwas im Schilde führen, man tauche nicht kurzerhand nach fünfunddreißig Jahren auf und knüpfe mir nichts, dir nichts an die Vergangenheit an. Noch dazu bei einem derart unsteten Vorleben. Vermutlich habe er Schulden, benötige Geld.

»Er gehört einem Orden an, Patricia, er hat das Armutsgelübde abgelegt, was soll er da mit Geld?«, warf ich ein.

»Ach, Hora ...«, antwortete sie, »das heißt doch nichts.«

Vermutlich hatte sie auch damit recht. Es bedeutete nichts. Georg gehörte zwar dem Kloster Notre-Dame de Bellaigue an, war aber nicht dort. Er hatte Mitbrüder in Frankreich, promovierte aber in Geschichte an der Bonner Universität. Ich wusste nicht, ob sie ihn geschickt hatten oder ob er – ich zog alles in Betracht – auf eigene Faust gekommen, gar aus der Gemeinschaft ausgeschlossen worden, schlimmsten- oder bestenfalls, je nach Blickwinkel, von dort geflohen war. Oder ob man als Mönch eine Auszeit nehmen und reisen konnte, wohin es einem beliebte. Und ich wusste auch nicht, ob seinem Doktorvater Professor Hochsetin bekannt war, dass Georg quasi zu den Piusbrüdern gehörte.

»Selbstverständlich wissen meine Mitbrüder, wo

ich bin.« Er reagierte konsterniert, als ich ihn danach fragte und er endlich einmal zu antworten bereit war. »Ich bin nach Deutschland geschickt worden.«

»An diese Uni?«, fragte ich. »Ausgerechnet?«

»Du wirst es nicht glauben«, antwortete Georg. »An diese Hochschule.«

»Was für ein Zufall«, sagte ich.

»Ja, was für ein Zufall«, antwortete er amüsiert. »Von göttlicher Fügung zu sprechen wäre dir sicher zu anmaßend.«

»Aber du bist nicht als Geistlicher hier, sondern zur Promotion. Wozu die Promotion? Hat die Welt nicht einen allgemeinen Priestermangel zu beklagen, müsstest du nicht arbeiten?«

»Ich *arbeite* durchaus, wenn du so willst. Vielleicht nicht offiziell, denn gegen einen wie mich als Hochschulseelsorger hätte das Erzbistum Köln dann doch etwas einzuwenden gehabt. Aber es hindert mich nicht daran, für Studenten da zu sein, die es möchten. Übrigens hat sich schnell herumgesprochen, dass ich Priester bin, obwohl ich es niemandem erzählt habe. Erstaunlich. Aber die Sache ist die: Ich wollte promovieren, man hat dem stattgegeben, und Bonn ist der Eifel nah. Dort restaurieren wir gerade ein altes Kloster, um es zu beziehen. Das Kloster, über das ich promoviere. Wir sind zu viele geworden. Zeit für eine deutsche Dependance.«

»Ihr seid zu viele geworden? Ihr habt entgegen allen anderen Orden Zulauf? Was wundere ich mich ...«, beantwortete ich mir meine Frage selbst, »Extremisten haben immer Zulauf. Aber ihr dürft keine Klöster gründen.«

Georg nickte. »Das stimmt. Wir können aber als Verein Immobilien kaufen und uns dort niederlassen. Wir können das Kloster wieder herrichten, die Kirche durch einen unserer Priester weihen lassen, wir können dort die Heilige Messe feiern und Landwirtschaft wie Seelsorge betreiben. Was das Bistum Aachen dazu sagt, ist eine andere Geschichte. Verbieten können sie es jedenfalls nicht.«

»Du bist ein Schismatiker, weißt du das? Welches Kloster ist es?«

»Reichenstein«, tat er kund. »Und von Schisma würde ich nicht reden, der Papst versucht das unbedingt zu vermeiden. Bevor du nachforschst: Die Gründung ist umstritten und wird von der Diözese Aachen nicht anerkannt. Der Landschaftsverband hingegen ist hocherfreut, dass wir das alte Anwesen wieder herrichten und seiner ursprünglichen Bestimmung zuführen. Übrigens ist der Rektor dieser Universität mit dem Direktor des Landschaftsverbandes befreundet, und Letzterer hat mir geholfen, an der Uni Bonn einen Betreuer für meine Doktorarbeit zu finden.«

»Und wie finanzierst du deine Promotion?«

»Ich habe ein Stipendium vom Katholischen Akademischen Studienbüro erhalten.«

»In deinem Alter?«

»In meinem Alter!«

»Aber hast du nicht in der Eifel zu tun? Musst du nicht dort sein?«

»Es ist ganz einfach, Hora«, antwortete Georg ruhig. »Ich wollte immer promovieren, nun hat sich die gute Gelegenheit ergeben, das eine und das andere zu verbinden. Reichenstein ist derzeit eine einzige Baustelle, nur bedingt bewohnbar, hier kann ich die Zeit, bis weitere Räume fertiggestellt sind, sinnvoll überbrücken und bin trotzdem in der Nähe. Übrigens war ich neulich mit deiner aufgeweckten Kollegin Lena Petrell zum Essen aus.«

»Davon habe ich schon gehört.«

»Eine sehr nette Frau, muss ich sagen.«

Ein Stipendium also, mit dem er sein Zimmer bei Frau Fischbach finanzieren, mich und andere zum Essen ausführen und der Hauswirtin seine Wäsche überlassen konnte. Woher aber kam das Geld, um die Arbeiten am Kloster in Gang zu halten und zu reisen? Denn Georg reiste. Bisweilen war er zwei, drei Tage unterwegs, ohne dass ich wusste, wohin. Vielleicht überwachte er die Arbeiten im Eifler Kloster. Vielleicht aber, mutmaßte ich, führte er quer durch Deutschland Verhandlungen mit potenziellen Spendern und Geldgebern – weltlichen Anhängern der Piusbrüder, Schläfern des Erzkatholizismus. Auskunft darüber gab er mir nicht. »Ich hatte zu tun«, sagte er nur. Oder: »Das war eine unvorhergesehene Reise.« Ich war mir sicher, dass er seinen Auftrag gewissenhaft erledigte, das Kloster voranzubringen.

Einmal verreisten wir zusammen: nach Hamburg, zum Friedhof. Georg hatte sich gewünscht, das Grab meiner Eltern zu besuchen, und es war das erste Mal, dass ich ihn als Priester erlebte. Ich hatte Semesterferien, es war August und sehr warm, wir flogen mit einer Billigmaschine nach Hamburg und nahmen ein Taxi zum Ohlsdorfer Friedhof, wo die Eltern ausgerechnet in der Nähe von Hans Albers liegen, dessen Leber im Juli 1960 vor dem Cognac kapituliert hatte. Und da standen wir beide, Georg und ich, vor dem schmucklosen Grab mit seinen Buchsbäumen, unter einer großen, bestimmt hundert Jahre alten Linde, schwiegen und lasen auf dem schwarzen Grabstein: *Josephine Roth geb. Eisenhart, 1933–2009. Franz Roth, 1928–2007.* Es war eine merkwürdige Situation. Immer ist es seltsam, mit anderen Menschen Gräber zu besuchen. Verdruckst und beklommen steht man nebeneinander vor dem umrahmten Beet, das es geworden ist, stellt sich vor, wie das Skelett im zerfallenden Kasten liegt, erinnert sich an den Moment, da der Sarg in die Erde hinuntergelassen wurde, erinnert sich an die Tränen, die man in diesem Moment nur mit Mühe unterdrücken konnte, weil der Abstieg ins Erdreich endgültig der letzte Moment ist. Mit Georg war es noch seltsamer. Auf einmal sah ich den Priester in ihm. Den Mann, der an Auferstehung und Paradies glaubte, ans ewige Leben, an die Allmacht Gottes. Einen Mann, der zumindest offiziell dem mittelalterlichen Ordo-Gedanken verpflichtet war, der möglicherweise Abbitte zu leisten hatte an diesem Grab – ich wusste es ja nicht besser. Er breitete die Arme aus, umfasste mit der Linken meine Hand, hob sie hoch und sagte: »Lass uns beten.«

Als wir anschließend im Friedhofscafé saßen, kam Georg darauf zu sprechen. »Ich bin überrascht«, sagte er.

»Du hattest mich fest im Griff«, gab ich zurück.

Georg grinste. »Fehlerfrei und fließend im Text des Standardrepertoires ... Betest du auch sonst? Ab und zu? Heimlich?«

Ich schüttelte den Kopf und wusste, welche Frage er als nächste stellen würde. Woran glaubst du, Hora? Natürlich. Auf die eine oder andere Weise ist diese Frage jedem schon gestellt worden. Dass Georg sie trotz seiner Zurückhaltung einmal an mich richten würde, war absehbar gewesen. Ich war entschlossen, sie kurz und bündig abzuhandeln, denn wer versucht hat, sie – ich erliege nicht der Versuchung, *vernünftig* einzufügen, nehmen wir *ehrlich* – zu beantworten, weiß, welche Untiefen in ihr lauern. Die Wahrscheinlichkeit, hanebüchenen Blödsinn, zumindest aber Gemeinplätze von sich zu geben, ist kolossal.

Ich antwortete: »Ich glaube, dass es etwas Höheres als uns gibt – ja. Dass es ein Mann ist, der seinen Sohn zur Erlösung der von ihm sündhaft geschaffenen Menschen hat umbringen lassen, dass er drei in eins ist, dass bei der Eucharistie eine Hostie aus Wasser und Mehl zu diesem Sohn wird – nein, das glaube ich nicht.«

Georg räusperte sich. Überlegte einen Augenblick.

»Nicht Gott, aber eine höhere Macht. Das ist die häufigste Antwort bei Meinungsumfragen«, antwortete er dann. »Nach Gottes Tod steht seine Macht im Vordergrund. Macht. Findest du das nicht eigenartig?«

»Überhaupt nicht. Wenn er in den Bibelgeschichten etwas unter Beweis stellt, dann Macht. Er teilt Meere, er wirft Brot, er läuft übers Wasser, zerreißt Tempelvorhänge, tötet und heilt. Alles schöne Geschichten über einen mächtigen Kerl. Steckt dir in Macht zu viel Zeitgeist?«

»Ich halte es für Augenwischerei. Was ist eine höhere Macht, wenn nichts Göttliches?«

Er hatte angenommen, ich würde ihm mit der Wissenschaft kommen. Dass Glauben und Wissen vermeintlich nicht vereinbar sind, dass die historische Forschung hinlänglich belegt hat, dass etliche Quellen, auf die sich die Kirche in ihrem Glaubenskern beruft, falsch sind und sowieso von Menschen für Menschen in einem bestimmten Zusammenhang verfasst. Vielleicht hatte er gedacht, ich würde am Anfang beginnen. Urknall, Schöpfungsgeschichte, Evolution, Adam, Eva, und dass ich schließlich darlegen würde, dass sich der Glauben spätestens seit der Aufklärung überlebt hat. Doch weil dies die gängigen Argumente der Kritiker sind, hatte ich nicht auflisten wollen, was Georg unzählige Male zu hören bekommen haben musste. Natürlich hatte ich mich nicht so tiefgreifend wie er mit der Frage auseinandergesetzt, doch hinreichend genug, um festzustellen, dass es keine zufriedenstellende Antwort gab, was wiederum in der Natur der Sache lag. Wir bestellten Weißwein. Das Café lag erhöht im Rücken der Friedhofskapelle. Unter der Balustrade der Terrasse, auf der wir Platz genommen hatten, sammelte sich eine schwarz gewandete Gruppe. Kaum vernehmbar. Schleichenden Schrittes. Einige Beerdigungsgäste hielten einzelne weiße Rosen in der Hand. Sie traten auf und ab, ihre Gesichter angemessen betroffen, sahen sich um, wer gekommen und zu begrüßen war, warteten, dass die Kapelle geöffnet würde. Sie fühlten sich nicht wohl in ihrer Haut, es lag kein Einverständnis in ihrem Zusammentreffen und ihren Bewegungen, sie waren bemüht, sich richtig zu verhalten – nicht zu laut, nicht zu schnell, nicht zu salopp. Bis auf eine Dame, die den Eindruck erweckte, soeben zum Sommerpicknick eingetroffen zu sein, um schrill das Wetter zu rühmen. Übersprunghandlung.

»Lass uns vom Christentum sprechen, das uns vertraut ist«, schlug Georg vor. »Kannst du damit etwas anfangen?«

Ich nahm meinen Weißwein von der Kellnerin entgegen und prostete dem Onkel zu.

»Es fällt mir schwer. Aber wenn du übers Neue Testament reden möchtest, werde ich wohl oder übel mit der Wissenschaft kommen müssen. Oder, besser, mit meiner Küchentheologie.« Da er schwieg und mich erwartungsvoll ansah, fasste ich mich kurz und pickte die plakativen Beispiele heraus, bei denen durch Forschung und Wissen das Gottesbild der Menschen nachhaltig ins Wanken geraten war: Die Erde keine Scheibe und das Paradies kein Ort auf der Landkarte, Überschwemmungen und Gewitter wetterbedingt und so wenig Gotteszorn wie Pest und Cholera. Ich fügte von Berufs wegen hinzu, dass Wunder und Totenerweckungen in der Bibel oft vorkommen und keineswegs nur bei Jesus, und dass etliche Geschichten schon lange vor der Bibel erzählt wurden und sich innerhalb der Bibel gelegentlich sogar widersprechen. Eine derart widerlegbare Schrift als Glaubensgrundlage? Ich riss an, wie schnell schon den mittelalterlichen Menschen klar geworden sei, dass sie mit Ablasszahlungen und regelmäßigem Gebet auch nicht besser davonkamen als andere, dass Christen zu Waffen greifen mussten, um ihren Glauben durchzubringen, dass sie Menschen verbrennen mussten, um deren Wahrheiten zu ersticken, und dass nichts davon auch nur das Geringste genutzt habe, im Gegenteil: Ein einheitlicher Glauben sei nicht herzustellen und sei es vermutlich auch nie gewesen. »Die eklatanten Widersprüche des christlichen Glaubens«, schloss ich, »werden durch zunehmendes Wissen nur noch befördert.«

»Du sagst also, Gott ist von der Realität eingeholt worden? Das Wissen hat den Glauben ersetzt?«

»Nein, ich sage das im Bewusstsein, dass es ohne Gott oder etwas Göttliches eventuell keine Realität gäbe und dass Wissen und Glauben keinesfalls voneinander zu trennen sind. Die Frage ist für mich, was wir trotz unseres Wissens glauben können. Andersherum ist mir klar, dass man glauben muss, was man vermeintlich weiß, und dabei in Rechnung ziehen muss, dass sich Wissen dauernd verändert. Sicher erscheint mir nur, dass wir dem christlichen Fundament, der Bibel, nicht allzu viel glauben können.«

»Verweist du den christlichen Glauben ins Reich der Gefühle? Ein Trostpflaster gegen letzte Ungewissheiten? Trifft es das, was du meinst?«, fragte Georg, der mich so ernst betrachtete, wie er das in keinem unserer vorherigen Gespräche getan hatte.

»Eher. Wie du sagst: Die letzten Fragen sind nicht zu beantworten. Der eine schreibt sie dem Universum zu. Der andere Gott. Der dritte dem Nichts. Woher das Nichts und das Universum kommen, bleibt so unbeantwortet wie die Frage, ob es etwas Göttliches gibt. Die meisten halten diese Fragen auch nicht mehr für zentral. Gottesglauben ist individuell, man fühlt ihn in sich oder eben nicht.«

»Entschuldige, Hora, aber das ist Unsinn. In dem Fall wären Gläubige autistisch. Nicht jeder fühlt dasselbe. Jeder einzelne Gefühlsgläubige würde sich allen anderen Gefühlsgläubigen und erst recht denen verschließen, die Zweifel haben.«

»Warum sollte er das nicht tun?«

»Weil zum Selbstverständnis eines Gläubigen gehört – woran er auch glaubt: Yoga, Alkohol, Engel, Kosmos, Jesus, Wiedergeburt –, nicht alleine damit zu sein, sondern mit anderen. Kein Gläubiger ist bekennender Autist, nicht mal die Anhänger winziger, abstrusester Glaubensgemeinschaften. Wer sich Fragen dazu verweigert, wer sich einer Begründung für seinen Glauben mit Verweis darauf entzieht, dass es sich um ein Gefühl handelt, der nötigt sich selbst, nicht über die Sache nachzudenken, und wabert mehr durch die Gegend, als dass er Sicherheit daraus bezieht.«

Die Kellnerin näherte sich. Ich warf einen Blick auf die Karte, die zwischen Georg und mir auf dem Tisch lag, deutete auf den Flammkuchen, und Georg nickte zustimmend. Ich bestellte zwei und antwortete dann: »Aber dieser Gläubige bezieht doch immerhin eine wabernde Sicherheit für sich selbst daraus und muss sie nicht vor anderen rechtfertigen. Was spricht dagegen?«

»Dass dieser Mensch sich geringstenfalls vor sich selbst rechtfertigen muss«, warf der Onkel ein. »Er kann nicht den Fragen ausweichen, die er selbst hat, sonst kann er sich nicht ernst nehmen. Die Frage nach dem Glauben, und hier meine ich jeden Glauben, ist eine universale. Sie geht jeden an. Keiner ist ihr gegenüber gleichgültig, dazu geht sie jedem zu nah. Ist nicht von mir. Ist von Kant.«

»Kant hin oder her: Es stimmt nicht. Die Menschen kapitulieren vor der Frage, wie das Universum sortiert ist, und das finde ich durchaus klug. Wir wissen, dass sich nicht alles beantworten lässt, das zu akzeptieren, zeugt von Gelassenheit, wenn nicht gar Weisheit. Wir haben genug mit dem Hier und Jetzt zu tun, also kann man diese Frage problemlos wegschieben. Die meisten Menschen sind ihr gegenüber nicht nur gleichgültig, sie kommt ihnen nicht mal in den Sinn.«

»Im festhängenden Fahrstuhl, bei Turbulenzen auf dem Flug nach Palma oder bei einer üblen Diagnose kommt sie jedem in den Sinn. Sei der Moment auch noch so kurz, die Frage, ob jemand oder etwas unser Schicksal lenkt und was der Tod bringt, ist da. Wahrscheinlich schieben die meisten sie nur schleunigst beiseite, weil sie zu anstrengend ist. Aber nicht wegzudiskutieren ist, dass die Frage da war.«

»Also schön. Auch wenn ich glaube, dass den meisten relativ egal ist, was nach dem Tod kommt, sie sind eher mit dem Vorher und den Möglichkeiten der Medizin beschäftigt ... Reden wir also über die, die sich damit auseinandersetzen: Ist für sie der Glaube nicht individuell begründbar oder ersetzbar durch anderes? Emotion, Erleben, Sinnsuche?«

Nun war es ein Kellner, der zwei Holzbretter mit unserer Bestellung, Besteck und Servietten brachte. Georg schnitt seinen Flammkuchen in handliche Dreiecke und aß mit den Fingern, ich tat es ihm nach.

»Zum Gefühl habe ich schon etwas gesagt«, nahm er unser Gespräch wieder auf. »Im Erlebnis entfernst du dich weit vom Verstand. Du kannst alles erleben:

dein blaues Wunder, ein Musical, die Love Parade, einen Orkan oder die Militärparade auf dem Platz des Himmlischen Friedens. Die Frage bleibt, warum diese Ereignisse Erlebnisse darstellen, welche Grundlage sie haben. Übrigens führt auch das Argument, man entscheide sich zum Glauben, in eine Sackgasse, denn eine Entscheidung benötigt Kriterien. Pros und Contras. Wer sich zum Glauben entscheidet, muss begründen können, zu welchem und wieso gerade zu diesem. Und die Sinnsuche: Das ist eine Phrase für esoterische Wochenenden. Es hieße im Umkehrschluss, dass alle Un- oder Andersgläubigen sinnlose Leben führen, ziemlich überheblich, abgesehen von der Frage, was Sinn überhaupt sein soll.«

Ich nahm einen Schluck Wein.

»Ist es nicht das, was dein Orden predigt? Dass Andersgläubige und Ungläubige ein wertloses Dasein fristen, den falschen Glauben praktizieren?«

»Manche mögen es so sehen.«

»Aber du siehst es nicht so.«

»Nein, ich sehe es nicht so.«

»Trotzdem bist du in diesem Orden. Um dich zu zitieren: Du musst es begründen können.«

»Und das kann und habe ich. Dir gefällt nur die Begründung nicht, daran kann ich nichts ändern.«

»Du hast einen fundamentalistischen Orden gewählt und bist mit dieser Entscheidung *konsequent* gewesen, hast du gesagt. Was heißt das? Ist es opferbereite Selbstaufgabe? Nächstenliebe? Liebe? Das Wort, das bei den Christen so einen immensen Raum einnimmt, während Jesus selbst meines Wissens nie gesagt hat, dass Gott die Liebe ist, sondern vielmehr gefeilscht hat: *Wer mir gehorcht, liebt mich und wird dann von meinem Vater geliebt, schließlich auch von mir.* Ist der Bibelgott nicht überwiegend zornig, von mir aus in *gerechtem Zorn*, wobei er bestimmt, was gerecht ist? Deine Antwort bleibt unbefriedigend. Und so verhält es sich auch mit der grundsätzlichen Frage nach dem christlichen Glauben. Nur Fragen, keine zufriedenstellenden Antworten. Es sind allenfalls waghalsige Annäherungen möglich.«

»Ich habe immer das Extrem gesucht, Hora, das weißt du. Und die Frage der Gerechtigkeit bieten Glaubenskritiker gerne auf. Ist Gott gerecht, wenn Menschen verhungern und verdursten müssen, krank sind, verfolgt, gefoltert, getötet werden?«

»Das habe ich nicht gemeint«, stellte ich klar. »Ich verstehe, dass man nicht vom menschlichen Blickwinkel aus auf göttliche Gerechtigkeit schauen kann, sofern es sie gibt und es sich nicht nur um den frommen Wunsch handelt, man möge wenigstens später mal fair behandelt werden. Aber da du vom Christentum sprechen möchtest: Du weißt besser als ich – gerade du in deinem Klub –, dass es *das Christentum* nicht gibt, es sind zahllose Konfessionen und Einzelgruppen. Welche ist denn nun die richtige? Die polnischen Altkatholiken oder die Synode vom Nil? Die Franziskaner oder deine Bellaigue-Pius-Brüder?«

»Für jeden ist eine bestimmte die richtige. Das ist das Spannende an Religionen: Sie sind nicht vom Himmel gefallen, sondern Baukästen, die von Menschen zusammengestellt wurden. Vor zweitausend Jahren hat sich niemand dem Christentum angeschlossen, sondern ein paar Leuten, die aus ihrer Überzeugung heraus eine Religion gebaut haben. Genau so sind immer neue Religionen entstanden, immer neue Gruppen. Jemand hat sie gegründet, andere sind diesem Jemand gefolgt. Wenn Religionsstifter etwas können, dann Regeln brechen.«

»Bist du in diesem Sinne auch für eine gewisse Gelassenheit in puncto Regeln?«

»Ja und nein.«

Ich sah ihn kopfschüttelnd an.

»Hör auf in Rätseln zu sprechen, Georg, du bist kein Bibelgleichnis. Was ist das wieder für eine Antwort? Was soll ich damit anfangen?«

»Nimm meine Antwort genau so, wie ich sie dir gebe. So meine ich sie, gar nicht rätselhaft. Regeln sind nicht dazu da, leichtfertig gebrochen zu werden. Aber«, kam er auf unser Thema zurück, »lass mal deine berechtigten Einwürfe beiseite, vergiss die wissenschaftlichen Errungenschaften, vergiss, dass Religionen heute noch Grenzen folgen, die einmal für bestimmte Herrschaftsgebiete galten, in denen aus politischen Gründen bestimmt wurde, was zu glauben war. Lass all das beiseite und nimm das Übergeordnete. Ich wiederhole meine Frage: Kannst du im christlichen Glauben Wahres finden oder nicht? Ich will nicht mehr und nicht weniger wissen.«

»Ich kann definitiv mehr Gründe finden, ihn unwahr denn wahr zu nennen«, antwortete ich.

»Sehr gut«, antwortete Georg. Und nachdem ich eine Stunde zuvor Hand in Hand mit ihm am Grab meiner Eltern das *Vaterunser* und ein *Gegrüßet seist du, Maria* gebetet hatte, verunsicherte mich diese Zufriedenheit über meine Antwort doch.

3

Es gibt Orte, die umgehend einen Fluchtimpuls auslösen. Orte, die auch dadurch nicht zugänglicher werden, dass man Zeit an ihnen verbringt, deren Unwirtlichkeit nicht schwindet, wenn man sich mit ihnen vertraut gemacht hat. Kloster Reichenstein gehört dazu. Dabei war es ein schöner Sommertag, nicht lange nach der Hamburg-Reise, als ich mit Lena in die Eifel fuhr, um mir Georgs zukünftiges Zuhause anzusehen. Inzwischen ist mir bewusst, wie unverblümt meine Neugier war. In jenem Sommer machte ich mir weis, sie sei naheliegend. Das versachlichte hinreichend die eigentliche Mission, meinem einzigen und letzten Familienangehörigen nahekommen zu wollen. Wie gesagt: Ich bin geübt darin, mir das Wesentliche spät einzugestehen; mit den Eltern lebte es sich auf diese Weise besser. Ein Samstag also. Es war warm, nicht zu heiß, der Himmel sagenhaft blau, die Sonne gefällig. Ich hatte Lena zu diesem Ausflug in die Eifel eingeladen, nachdem sie für mich Thunfischtartar mit Salat zubereitet und mir ihre Dachgeschosswohnung mit

Rheinblick gezeigt hatte. Ich hatte angekündigt, wir würden ein altes Kloster besichtigen, allerdings nicht hinzugefügt, dass es Georgs neue Heimat sein würde. Ich wollte mir erst ein Bild davon machen. Und ein besseres Bild von ihr, LP, deren Umzugsunternehmen ich immer noch bedauerte (fünfter Stock eines schmucklosen Sechzigerjahrebaus, es gab keinen Aufzug) und deren umfangreiche Bibliothek ich bewundert hatte. Wie die meisten Leute sehe ich mir an, welche Bücher bei meinen Gastgebern im Regal stehen. Und wie sie dort stehen. Beides sagt eine Menge über den Menschen aus. Mit dem Autofahren verhält es sich ähnlich: Eine Zeit lang mit jemandem im Auto zu verbringen ist fürs Kennenlernen hilfreich. Zwar lässt sich mit jedem beliebigen Begleiter eine Reise bewältigen, andernfalls kämen Tramper und Mitfahrzentralbucher nicht vom Fleck. Aber wie sich jemand als Beifahrer verhält, ist eine aufschlussreiche Angelegenheit. Lena war in dieser Hinsicht wie ihre Bibliothek. Sehr überzeugend. Sie redete nicht zu viel, nicht zu wenig. Sie war nicht nervös, wenn ich zu schnell fuhr, sie plauderte nicht übers Wetter, wusste nicht den besseren Weg und verlor kein Wort über den Verkehr. Sie schaute aus dem Fenster, reichte mir zwischendurch eine geöffnete Wasserflasche und betrachtete mich gelegentlich von der Seite. Sie klärte mich darüber auf, dass die Bundesstraße 258, über die wir fuhren, wegen ihrer schnurgeraden Steigungsstrecke bei Roetgen auch *Himmelsleiter* genannt wird (ausgerechnet!, dachte ich), dass man die *Große Himmelsleiter* zwischen dem Gasthof Königsberg und Roetgen von der *Kleinen Himmelsleiter* zwischen Roetgen und dem Restaurant Fringshaus unterschied. Sie berichtete von einem Kloster in Palermo, in dem sie einmal ein Seminar zur Geschichte der Mafia gegeben hatte, an dem – sie schwor es – haufenweise Mafiosi mit Block und Stift teilgenommen und mitgeschrieben hatten, sie sprach von ihrer Zeit in London, wo sie weite Teile ihrer Monografie über die Konzentrationslager verfasst hatte, und sie sah an diesem Sommertag sehr hübsch aus. Jeans, Turnschuhe, eine cremefarbene Seidenbluse. Auf dem Land könne sie nicht leben, gestand sie mit Blick auf einen dieser schnellstraßennahen Bauernhöfe ein, von denen auch ich nie verstanden habe, wie es sich dort leben lässt. Schon Bonn sei ihr zu klein, doch hadere sie immer wieder mit sich: Woran nur läge es, dass sie Großstädte um sich zu brauchen glaubte? Ich konnte ihr damals nicht antworten. Heute könnte ich es. Aber verstehen konnte ich sie, doch da waren wir auch schon angekommen, und jegliche Antwort erübrigte sich.

Reichenstein also. Die Klosteranlage aus dem 12. Jahrhundert trutzig und solide, so baufällig sie über die Jahre geworden war. Die Umgebung von herber Schönheit. Eine Menge Fichtenwald, das Rurtal mit seinen Auen und Bächen, die grazile Rundbogenbrücke der Vennbahn, deren Trasse vor Langem zum Rad- und

Wanderweg umfunktioniert worden ist, der Klosterweiher braun glitzernd in der Sonne. Nichts legte nahe, das Weite zu suchen. Und doch machte mich Kloster Reichenstein beklommen, als Lena und ich meinen fast fünfzig Jahre alten Opel Rekord auf einer Wiese vor dem Anwesen parkten und durch die Toreinfahrt in den gepflasterten Innenhof traten. Links vor uns die Kirche, ein weiß getünchter Bruchsteinbau, schon weitgehend renoviert und eifeltypisch mit Schieferdach versehen. Daneben, vis à vis der Toreinfahrt, das ebenfalls weiße, zweigeschossige Hauptgebäude, rechts und links flankiert von bruchsteinernen, kleineren Nebenhäusern mit rot umrahmten Fenstern und Türen – vermutlich ehemalige Mönchszellen und Stallungen. Es war nichts Abschreckendes an diesem Ort, doch seine Verschlossenheit sprach Bände. Das Kloster war nicht einladend, wirkte trotz seiner Helligkeit düster und abweisend, als misstrauten seine Bewohner von vornherein jedem Besucher. Ein frisch bepflanzter Blumenkübel am Eingang zur Kirche, Geranien als untrüglicher Beweis für ein eingezirkeltes Leben. Ordnung, dachte ich, so unfertig und provisorisch der mit Gerüsten und Baugeräten verstellte Innenhof auch aussah. Ordnung als bestimmendes Element.

»Man sieht, dass Reichenstein ursprünglich als Burg gedacht war«, eröffnete Lena leise, obwohl sich außer uns niemand im Innenhof befand.

»War das so?«, fragte ich.

»Ja«, bestätigte sie und wedelte mit den Händen

durch die Luft, als wolle sie die Klosteranlage zu fassen bekommen. »Ich hab mich ein bisschen eingelesen. Stammt aus dem 12. Jahrhundert und war eine Höhenburg zum Schutz des Hofs und Forstes Konzen. Allerdings war der Hügel für eine Höhenburg nicht hoch genug – scheint, die Bauplanung war im Mittelalter wie heute. Jedenfalls errichtete man rurabwärts die Turmburg Haller bei Monschau, und aus Reichenstein wurde ein Prämonstratenserkloster für Männer und Frauen. Der Nonnenkonvent wurde gegen 1480 aufgelöst. Wegen des Verfalls der klösterlichen Zucht, worunter man sich allerhand vorstellen kann, und weil er sich nicht rechnete, was sicher Unsinn ist. Frag mich nicht, was sich bei katholischen Männern jemals besser gerechnet haben soll als bei katholischen Frauen. Jedenfalls war Reichenstein bis Anfang des 19. Jahrhunderts ein Männerkonvent«, sie verzog vielsagend das Gesicht, »bis die Säkularisation kam. Die Chorherren wurden verabschiedet, und von der Einrichtung blieb nur eine barocke Holztreppe mit Balustersäulen im Priorhaus …«, sie zeigte auf das grob renovierte Hauptgebäude an der Stirnseite, »vermutlich dort. Der gesamte Klosterbesitz wurde an einen Tuchfabrikanten verkauft, doch leider – ich bin gleich fertig – rechnete sich nicht, was der hier tat, weder Färberei, Spinnerei noch Merinoschafzucht, er brachte sich um, der arme Kerl, und ein Landwirt kaufte den Gutsbetrieb, der übrigens der größte der Gegend gewesen sein muss. Man brannte Schnaps und hielt Kühe, produzierte Milch, Käse und Butter. Bis der Krieg kam. Da wurde Reichenstein im Auftrag der Amerikaner eine Zuflucht für Evakuierte. Danach ging es mit Schnaps, Ackerbau und Viehzucht weiter, bis noch mal verkauft werden musste und Anfang der Neunziger die Landwirtschaft eingestellt und die Brennerei nach Aachen verkauft wurde. Geplant war wohl zunächst, hier einen Golfplatz anzulegen, das zerschlug sich aber durch Auflagen des Landschaftsschutzes. Und dann tauchte plötzlich eine internationale Klostergemeinschaft aus Virlet in der Auvergne auf und kaufte Reichenstein. Es sind Mönche des Priorats Notre-Dame de Bellaigue, die nach den Regeln des Heiligen Benedikt leben und, vorsichtig gesprochen, sehr umstritten sind. Sie als konservativ zu bezeichnen wäre vermutlich eine Beleidigung für so manchen konservativen Katholiken. Jedenfalls ... Hier sind wir: Es sollen über zwanzig Mönchszellen entstehen, ein Kreuzgang und Gästezimmer. Der zugehörige Wald und die Wiesen sollen forst- und landwirtschaftlich genutzt werden.« Sie sah mich an. »Das war's. Ich bin fertig.«

Ich beugte mich zu ihr und küsste sie.

Noch hier in Ruitzhof vor meinem Tee ist mir peinlich, wie absehbar das war. Mir ist klar, dass man nun mit den Augen rollen und meine Einfältigkeit bedauern muss, doch es bleibt die Tatsache, dass mir erst beim historischen Abriss über Schnaps, Käse und Butter klar wurde, was kommen musste, dass ich längst –

schon bei unserem ersten Abendessen in der Brasserie, beim zweiten in ihrer Wohnung, letztlich während der Fahrt über die Himmelsleiter – die leise Nervosität der Hinneigung verspürt und handhabbar ignoriert hatte. Es war, ich kann es nicht ändern, ein erschütternd vorhersehbarer Moment, allerdings nahm ihm das nichts von seiner Wucht, die nicht vorhersehbar war. Man kann einen Kuss zu Tode beschreiben, man kann eine ganze Situation zu Tode beschreiben, wie soll man sie – und ich muss hier einfach Ingeborg Bachmann zitieren – lebendig schreiben in dem Rahmen, in dem sie ja nicht lebendig ist und nichts als ein Übereinkommen, zu dem man den Leser überredet. Und doch der Versuch: Als ich Lena küsste, die meinen Kuss erfreulicherweise sofort erwiderte, war es, als hätte ich nie zuvor geküsst. Es war ein Kuss von solcher Innigkeit, so vollendet, dass ich mir – noch ein Klischee, und es stimmt ebenfalls – nicht vorstellen konnte, jemals wieder damit aufzuhören, diese Frau zu küssen. Ihr Kuss löschte jeden anderen, den ich je bekommen hatte. Das dachte ich erstaunlicherweise, noch während ich sie küsste (und sie mich), und es brachte mich derart aus der Fassung, dass ich Lena Petrell auf der Stelle liebte. Ich war nicht in sie verliebt. Ich schwärmte nicht für sie. Ich liebte sie. Und nochmals: Mir ist bewusst, wie kindisch das klingt, aber es ist nicht zu ändern. Immer noch nicht.

Zwei Mönche kamen über den Hof, das Knirschen ihrer Schritte bereitete diesem beispiellosen Erlebnis ein Ende. Ein breiter und ein schmaler Kopf mit kurz geschorenen Haaren, vier ernste Augen, alles andere schwarze Kutte. Die Kapuzen im Nacken, die Hände unter den schwarzen Überwürfen, entweder gefaltet oder in Taschen, das konnten wir nicht sehen, blickten sie uns erwartungsvoll an. Was sie für uns tun könnten?, fragte der eine. Und ohne Ironie ergänzte der zweite, ob wir vielleicht wegen einer Anfrage zu Hochzeiten ins Kloster gekommen seien?

Alles muss seine Ordnung haben, dachte ich, auch der Kuss der Eindringlinge in ihrem Innenhof. Lena war es, die lachte und antwortete, während ich sie benommen von der Seite betrachtete, unglücklich, dass die Brüder diesen Moment hintertrieben hatten. Eine Stunde zuvor hatte ich nicht darüber nachgedacht, warum ich Lena mitgenommen, warum ich gemeint hatte, sie besser kennenlernen zu müssen. Ich hatte mir gesagt, es sei selbstverständlich, so wie ich für vieles die nächstliegende Erklärung bereithalte. Eine Kollegin. Sympathisch. Klug. Umgänglich. Neu in der Stadt. Man musste ihr etwas zeigen. Und nun stand sie neben mir, neue Zeitrechnung, nun wusste ich, wie sie küsste, wie es sich anfühlte, sie zu umarmen, sie zu halten, nun liebte ich sie und wusste selbstverständlich, wie töricht das war. Wir würden uns für das Kloster interessieren, hörte ich Lena sagen, wir machten einen Ausflug und hätten gelesen, es werde wieder hergerichtet. Ich nickte bestätigend, sah aber nur sie an, als müsse ich mir jedes Detail ihres Gesichts, ihrer Kleidung, ihres Körpers einprägen, als könnte der vorangegangene Augenblick anderenfalls ungeschehen gemacht werden. Derweil war sie ganz bei sich, unbeeindruckt, fürchte ich, eher amüsiert als berauscht.

»Ja, wie Sie sehen, laufen die Arbeiten«, erwiderte der zweite zuvorkommend und deutete auf Gerüste in seinem Rücken.

»Dürfen wir uns ein wenig umschauen?«, fragte Lena.

»Gern. Sie können in die Kirche gehen, wo Sie aber bitte aufs Küssen verzichten, und wir können Ihnen auch den Eingang des Priorats zeigen, wenn Sie möchten«, reagierte der erste.

»Verraten Sie mir, was Gott gegen das Küssen hat?«, fragte Lena, und sie tat es leutselig, weder provozierend noch schnippisch.

»Im Grunde nichts«, antwortete der zweite, »aber die Kirche ist ein Ort der Würde und des Gebets, nicht der rechte Ort zum Küssen, wenn Sie verstehen, was ich meine.«

Die beiden gingen voran. Sie hatten nicht vor, uns in ihrem Kloster herumflanieren zu lassen. Mich, den Morphinierten, in dem alles durcheinanderging. Lena, die scheinbar Ungerührte, ganz bei der Sache. Eva in meinem Kopf. Eva. Eine Geschichte, in die ich unbedacht geraten war wie in die längste Kassenschlange im Supermarkt. Ein paar Drinks nach ihrem Rigorosum, ein Abendessen, um ihr bei der Wahl zwischen zwei Jobangeboten zu helfen – Lektorin bei einem kleinen Literaturverlag oder Dozentin, beides in Berlin. Der Kuss, was sonst, immer ist es ein Kuss, vor dem Restaurant, so hatte es angefangen. Nichts Festes, hatte sie gesagt, ist doch schön so. Aber auch Unverbindlichkeit wird zur Gewohnheit, und Gelegenheiten werden zu Verabredungen. Auch unfeste Beziehungen entwickeln ihren eigenen Rhythmus. Ist doch schön so, hörte ich sie sagen und sah sie in ihrer hellrosa Spitzenunterwäsche im Türrahmen ihres Schlafzimmers, die langen, hellbraunen Haare mit einer Klammer zum Knoten aufgesteckt, eine Flasche Wasser in der Hand. *Nichts Festes* hatte in meinen Ohren gut geklungen, und lange hatten wir nichts Festes mit spielerischer Leichtigkeit und Spontaneität durchgehalten. Dann kamen Termine und Pläne und Flugtickets und Arbeitszeiten. »Wann kommst du mal wieder nach Berlin? Ein schönes Wochenende, nur wir beide, was sagst du?«, hatte sie tags zuvor auf meine Mailbox gesprochen. *Mal wieder.* Der Rhythmus einer Beziehung. Nahtloser Übergang in meinem Kopf von Eva im Türrahmen zu Patricia im weißen Hosenanzug mit einem Strauß Margeriten in der Hand. Ein Bild, an das ich lange nicht gedacht hatte. Aber ausgerechnet jetzt. Was weiß man schon, wenn man da im Standesamt steht? Nichts. Man glaubt. Glaubt, dass es gut gehen wird, glaubt, dass man es mit dieser Person schaffen kann. Wissen tut man nichts davon. Und manchmal glaubt man in diesem Moment nicht einmal an das, was man da tut. Man hofft. Korinther 13, dachte ich, der verschlissene Gassenhauer für jede Trauung. Glaube. Hoffnung. Liebe. In weiser Voraussicht war im selben Text auch die Rede von tönendem Erz und klingenden Schellen, wo genau, wusste ich nicht mehr, anfangs, meine ich (am Ende wäre klüger), aber dass Liebe etwas anderes war als das, wofür ich sie bis hierhin gehalten hatte, das verstand ich in diesem Augenblick in Reichenstein sehr genau, und es warf mich um. Haben wir uns geliebt?, hatte Patricia nach unserer Trennung in einem langen Brief gefragt. Haben wir uns geliebt oder nur gedacht, es sei Liebe? Nichts anderes spielt eine Rolle, hat in diesem Abschied eine Berechtigung – kein Vorwurf, keine andere Person, keine Eifersucht, kein Detail –, nur diese eine Frage: Haben wir uns von einer Liebe zu verabschieden oder von einem gemeinsamen Leben?

Jetzt, erst jetzt also die richtige Antwort. Sie überwältigte mich, brachte mich zu Georg, zum Wissen und Glauben, zu unserer Unterhaltung in Hamburg, doch dann hörte ich Lena etwas sagen und bemerkte, wie sie sich nach ausführlicher Begutachtung des Gebälks in den Ställen wieder mit den Mönchen in Bewegung setzte. Die Berockten, die sich als Pater Antonius und Pater Christoph vorgestellt hatten, zeigten ihr jetzt Tafeln in den ehemaligen Stallungen, auf denen der Stand der Arbeiten am Kloster für Anwohner und Besucher festgehalten wurde. Vom Wetter gezeichnete Bilder von Balken, Mauerwerk und Kaminschächten, darunter kurze, tatsächlich mit Schreibmaschine getippte Erläuterungen auf feuchtgewelltem Papier wie *Das große Loch in der Außenwand des Südflügels schließt sich* und *Die verputzte Sakristei*; das *e* der Maschine augenscheinlich verklemmt und stets aus der Zeile fallend. Und mir gingen die Fragen durch den Kopf, wie wohl unsere Rückfahrt verlaufen würde, ob wir uns unterhalten würden und worüber, wann ich Lena wieder würde küssen dürfen und wie das sein würde. Und weiterhin, weil sie an meinem Ärmel zupfte und auf eine Luftaufnahme des Klosters deutete: wer diese Renovierung verhohlen finanzierte, warum ausgerechnet die Eifel für die Mönche aus Frankreich interessant war – wegen ihrer Abgeschiedenheit?, um der Kontemplation willen? – und wie es die Nachbarn fanden, dass hier kein Schnaps mehr gebrannt wurde, sondern eine erzkatholische Clique ihre Mittelalterreligion zelebrierte.

Wir gingen weiter. Die Mönche öffneten die Kirchentür für uns, entschlossen, es ja nicht auf eine Lippenberührung unterm Kreuz ankommen zu lassen, und wir traten ein. Ein schmaler, länglicher Raum. Kühl. Dunkle Kirchenbänke in einer Reihe, das grobe Mauerwerk weiß gestrichen, die hohe Balkendecke braun, der Boden aus schwarzem Stein. Der Altarraum halbrund, vor dem Fenster über dem Altar, weit oben, ein hölzernes Kreuz. An den Wänden anachronistisch anmutende Heizkörper gegen die Eifler Kälte, von der ich zum Zeitpunkt unseres Besuchs in Reichenstein noch nichts ahnte. Heute könnte ich eine Abhandlung darüber schreiben, über ihre Schärfe, ihren Feuchtigkeitsgehalt, ihre Fähigkeit, Finger zu betäuben, Augen tränen zu lassen und nachhaltig zu wirken. Neben dem Weihwasserbecken am Eingang ein Ständer mit einem Schild: *In dieser Kirche wird aus Ehrfurcht vor dem Leib Unseres Herrn Jesus Christus die heilige Kommunion nur als Mundkommunion gespendet, so wie es auch Papst Benedikt XVI. wünscht, dass es wieder überall so sei. Die hl. Kommunion darf empfangen, wer katholisch getauft ist, den ganzen katholischen Glauben anerkennt, sich von schwerer Sünde frei weiß und vor nicht allzu langer Zeit das Sakrament der Beichte empfangen hat, die eucharistische Nüchternheit einhält wenigstens eine Stunde vor Empfang der Kommunion.* Daneben ein Weidenkorb mit abgegriffenen Gesangs- und Gebetbüchern. Natürlich, die aktuellen durften es so wenig sein wie der aktuelle Papst. Selten habe ich mich über religiöse Borniertheit ereifern können. Noch nie hat mich die Gesittung, die Verschlossenheit mancher Kirchengemeinde mehr als ein bedauerndes Achselzucken gekostet. Diesmal aber war es anders, und es entspräche den Tatsachen nicht, es milder zu beschreiben: Das Schild weckte meinen Zorn. Es zeugte von solcher Arroganz und Überheblichkeit, dass ich Georgs Kollegen die Meinung sagen wollte. Wenn ich die verdammte Kommunion zu mir nehmen möchte, schoss es mir durch den Kopf, kann ich das tun, wie ich möchte. Und wenn ich sie besoffen im Kopfstand empfangen möchte – wer seid ihr, dass ihr mir das verwehrt? Es gibt keine falsche oder richtige Beziehung zu Gott. Ich muss nicht beichten gehen, wenn ich nicht will, aber wenn ich irgendetwas vom Glauben verstanden habe, ist er trotzdem für mich erreichbar. Wer also glaubt ihr zu sein, dass ihr die Besucher eurer Kirche derart selbstgerecht und anmaßend abkanzeln zu dürfen meint?

Es kostete Mühe, nichts zu sagen, ich hielt mich zurück, wollte keinen Streit vom Zaun brechen, sondern vielmehr, dass die Mönche uns alles zeigten, auch wollte ich Georg nicht hinterrücks brüskieren, aber meine Verärgerung war sichtbar. Lenas Hand auf meinem Arm. Beschwichtigend ihr Blick. Ich verstand, nickte und schwieg, ließ das Schild links liegen und ging durch den Mittelgang, betrachtete eine Weile den Altarraum, stellte mir den Onkel dort vor, was mir nicht behagte. Antonius und Christoph dachten sicherlich, dass ich ehrfürchtig innehielt, wo ich doch, im Gegenteil, an mich hielt. Als seien seine Mitbrüder schuld an Georgs Wahl, als sei Georg schuld an diesem Schild am Eingang und ja, auch am Ende eines Kusses, den ich nicht hatte beenden wollen. Ich drehte mich um und sah die Patres an.

»Bruder Athanasius«, sagte ich laut, und augenblicklich hoben sich die Köpfe der beiden Mönche am Eingang. »Ist er derzeit hier?«

Sie sahen einander kurz an, dann mich. Wie Lena, deren Blick ohne jeden Vorwurf war.

»Ich würde mich freuen, ihn treffen zu können. Er ist mein Onkel«, fuhr ich fort und verhinderte damit die Frage, die Christoph zu stellen im Begriff war. »Ich wollte gern diesen Ort und seine Arbeit hier sehen.« Ich deutete auf das Schild am Kircheneingang. »Nun habe ich eine etwas genauere Vorstellung von seinem Orden.«

Der ältere Mönch folgte meinem Blick und hob seine Linke ebenfalls in Richtung Hinweisschild.

»Wir wollen den katholischen Glauben ohne Verwässerungen verbreiten«, erklärte er. »Aufgrund unserer Treue zur kirchlichen Überlieferung stoßen wir oft auf Ablehnung. Das kennen wir. Und Ihr Onkel wird Ihnen sicherlich davon erzählt haben. Haben Sie etwas bei sich, das uns Ihre Verwandtschaft bestätigen könnte?«

»Wollen Sie etwa einen Ausweis?«, fragte ich zurück und ging wieder ein paar Schritte auf die beiden zu.

Pater Antonius' Gesichtsausdruck beflissen. »Verstehen Sie mich nicht falsch. Es ist nur so, dass unser Bruder in der Mission bisweilen ungewöhnliche Wege geht. In Frankreich gab es mehrere Menschen, die sich ihm derart verbunden fühlten, dass sie, lassen Sie es mich vorsichtig ausdrücken, etwas zu weit gingen. Wir wollen ihn nur schützen.«

»Ich habe einen Führerschein bei mir, aber der

hilft uns nicht weiter«, entgegnete ich, »Georg ist der Bruder meiner verstorbenen Mutter, deren Mädchenname dort verständlicherweise nicht verzeichnet ist. Aber darf ich fragen, was Sie unter ›ungewöhnlichen Wegen‹ verstehen?«

Pater Antonius zögerte.

»Nun, er ist ein mitreißender Prediger – zweifellos eine Gottesgabe. Er hat die Befähigung, Menschen sehr nahezukommen. Das versteht manch einer falsch und sieht in ihm die Antwort auf all seine Fragen. Nicht wenige haben ihn für sich vereinnahmt. Insofern war es eine gute Entscheidung unseres Oberen, Bruder Athanasius eine seelsorgerische Auszeit nehmen und andere Aufgaben für unsere Gemeinschaft angehen zu lassen.«

»Aber ist das denn nicht sein Job? Also auch Ihrer? Menschen nahezukommen und Antworten zu geben?«

»Gott ist die Antwort.«

»Und Georg Eisenhart kommt Gott Ihrer Meinung nach näher, wenn er weniger mit Menschen und mehr mit Büchern zu tun hat ... Ist er denn derzeit im Kloster? Ich würde ihn gern begrüßen, wenn es möglich ist. Vielleicht sagen Sie ihm nur, dass ich hier bin.«

»Ich kenne Ihren Namen noch gar nicht.« Pater Antonius' Stimme hallte in der leeren Kirche wider.

Ich ging auf ihn zu und streckte ihm die Hand entgegen: »Horand Roth.«

»Es freut mich, Ihre Bekanntschaft zu machen«, sagte Antonius.

Pater Christoph, der Jüngere, schaltete sich ein. »Sollen wir nicht ins Priorat gehen? Wir könnten Ihnen einen Kaffee anbieten.«

»Eine gute Idee«, sagte Lena, und die Erleichterung in ihrer Stimme verriet, wie froh sie war, dass uns das Gespräch nicht entglitten war. »Das wäre nett.«

Sie stellte keine Frage, als wir hinter den beiden Priestern über den Innenhof auf das Hauptgebäude zuschritten. Ich rechnete es ihr hoch an. Andere Begleiter hätten mir auf diesem Weg zwei Sätze zugeflüstert: Warum hast du nicht erwähnt, dass es Georgs Orden ist? Und: Was hat das alles zu bedeuten? Lena hingegen sagte nichts, und erst als ich die drei Stufen zum Priorat nahm, verstand ich, wie begriffsstutzig ich gewesen war. Sie hatte sich eingelesen, weil sie selbstverständlich gewusst hatte, welches Kloster wir besichtigten. Ihr war klar gewesen, dass ich ihr nicht irgendeines zeigen, sondern jenes anschauen wollte, über das Georg in ihrem Fachbereich seine Doktorarbeit schrieb. Sicherlich hatten die beiden über das Thema seiner Arbeit gesprochen. Es musste sie vielmehr verwundert haben, dass ich kein Wort darüber verloren hatte. Gezeigt hatte sie es nicht, und schon dafür hätte ich sie gleich wieder küssen wollen.

Der Raum, in den wir durch eine schmale Diele mit Barocktreppe geführt wurden (Lena stupste mich an und wies darauf hin), wirkte in seiner Kargheit und Aufgeräumtheit trostlos. Eine Sitzgruppe aus braunem Leder, eine Zeitschriftenecke mit katholischen Magazinen, linealgerade gestapelt, ein Regal mit Schallplatten. Der Benutzer solle sie nach Gebrauch alphabetisch sortiert wieder zurückstellen, bat ein handgeschriebenes Schild, und da allem Anschein nach derzeit doch nur zwei Mönche auf der Baustelle Reichenstein lebten, erschien mir der Hinweis noch absurder. Ordnung, dachte ich wieder, Ordnung gegen die innere Unordnung. Etiketten und Systeme. Im Kleinen wie im Großen. Bei meiner Recherche hatte ich von Distrikten und Oberen und dem Oberen der Oberen gelesen. War es das, was Georg im Orden suchte? Ordnung in seiner persönlichen Unordnung? Alphabetisch sortierte Schallplatten statt Schafe und Sexartikel? Die Tür zum Nebenzimmer stand offen, ein alter Mann mit weißem Haarflaum saß dort und sah fern.

»Das ist Herr Regele«, stellte Pater Christoph ihn vor, »von ihm konnten wir das Kloster kaufen, er hat ein lebenslanges Wohnrecht.«

»Sieh an, ein Freund der Piusbrüder«, spottete ich leise vor mich hin.

»Was schaut er denn da?«, fragte Lena schnell.

»Sein Lieblingsvideo«, antwortete Pater Christoph. »Die letzte Priesterweihe in Zaitzkofen.«

Ich stellte mich an die Tür und sah auf den Fernsehbildschirm, ohne dass Herr Regele mich bemerkte.

Ein Gottesdienst vor einem Schloss. Davor eine eindrucksvolle Menschenmenge. Ein großes, spitzgiebeliges Zelt als Altarraum, innen rot ausgekleidet. Rot wie das Blut der Märtyrer, so heißt der Farbton in der Sprache der Piusbrüder, ich hatte es gelesen. Die Kamera schwenkte über die Menschen hin zum Rasen auf hölzerne Freiluft-Beichtstühle, an denen – für alle sichtbar – Sünder knieten. Frauen mit dunklen Schleiern. Junge Mädchen mit weißen Schleiern. Überall Fahnen mit der Aufschrift *Piusbruderschaft St. Pius X.* Die Vorstellung, dass Georg einmal flach auf dem Boden vor seinem Bischof und Generaloberen gelegen hatte, ebenfalls in einem märtyrerblutroten Zelt, war mir unerträglich. Hatten seine Jünger vor Jesus im Staub gelegen, als er sie in die Welt schickte? Hatte er sie vor sich kriechen lassen? Ich weiß ... das Symbol der Niederwerfung. Aber kann sich ein Priester nicht aufrecht in Gottes Hände begeben? Sollte er es nicht aufrecht tun? »In der großen und schmerzhaften Verwirrung, die augenblicklich in der Kirche herrscht, erfordert die Verkündung der katholischen Lehre das Anprangern der Irrtümer, die unseligerweise begünstigt durch eine große Zahl von Hirten bis hin zum Papst selbst in ihren Schoß eingedrungen sind.« Herr Regele sprach laut und deutlich mit, was der Generalobere seinen zukünftigen Priestern predigte.

Ich wandte mich um zu Pater Christoph.

»Ihr Chef spricht in sexuellen Metaphern zu seinen Schäflein? Das Böse ist in den Schoß von Mutter Kirche eingedrungen?«

»Psst!« Das kam von Herrn Regele, der die Zeremonie andächtig weiterverfolgte.

»Ich denke nicht, dass er es so gemeint hat«, antwortete Christoph.

»Sigmund Freud«, wandte ich ein, »mehr muss man dazu nicht sagen.«

»Ist Georg Eisenhart«, Lena zeigte auf den Bildschirm, »auch dort geweiht worden?«

»Das glaube ich nicht, seine Weihe hat er bestimmt in Frankreich empfangen, aber sicher weiß ich es nicht. Da war ich noch nicht dabei«, antwortete Christoph. »Was ich Ihnen aber sagen kann, bevor Pater Antonius mit dem Kaffee zurück ist: Ihr Onkel ist nicht hier. Sicher ist er auf seinem Bauernhof. Ganz in der Nähe. In Ruitzhof, das mal zu diesem Kloster gehörte. Er hat das Haus schon sehr lange, wie man hört. Uns hat er das nicht erzählt, aber es versteht sich, dass wir davon wissen.«

»Versteht sich«, erwiderte ich, überrascht von dieser Information und abgestoßen zugleich von so viel Jovialität.

Manchmal gehe ich den Ruitz auf und ab. Es ist keine allzu breite Straße. Man würde nicht auf die Idee kommen, dass er vom 16. bis zum 19. Jahrhundert als verkehrsreicher Weg der Aachener und Stolberger Kupferindustrie bis nach Nordfrankreich führte. Heute liegen wenige Häuser und Gehöfte entlang der Strecke. Fünfzehn Stück. Und am Ende der Straße befindet sich ein Wendehammer, unbefestigt, lehmig, von dem aus verschiedene Pfade direkt ins Hohe Venn und nach Belgien führen. Und zum *Kreuz im Venn*, einem sechs Meter hohen stählernen Kruzifix auf einem Felsen, das ich oft besucht habe. Zwei Mal mit Georg. Etliche Male ohne ihn. Immer mit meiner Hündin Edda, die übrigens schön und klug ist, weswegen ich sie behalten habe, als mein Kollege Hartwig sie aufgrund seines Umzugs nach Japan abgeben musste. Ihr Fell glänzt, nie sieht sie mich stumpf und blöd an, sie ist keine Kläfferin, sondern eine wachsame Beobachterin, und während Hartwig ihre Unruhe beklagt und mich vor ihren Alleingängen gewarnt hatte, erlebte ich sie vom ersten Tag an als gelassene Gefährtin, die nie allzu weit von meiner Seite wich, zu meinen Füßen lag, wenn ich las oder arbeitete, mir nicht nachlief und doch immer wusste, wo ich war. Nur vorübergehend hatte sie bei mir bleiben sollen. Doch als auf Hartwigs Vermittlung eine Frau bei mir anrief und Interesse anmeldete, erklärte ich ihr, Edda sei gestorben. Ich mochte die Stimme der Frau nicht. Sie quakte behäbig. Ich mochte ihre kreischenden Kinder im Hintergrund nicht. Zu laut. Ich wollte und konnte mir die kultivierte Edda mit ihren Argusaugen und dem feinen Gehör nicht in einem solchen Umfeld vorstellen. Als ich die quengelige Dame verabschiedet und die Telefonverbindung beendet hatte, sah Edda mich an, lang und eindringlich, als sagte sie: Wie melodramatisch! Es hätte gereicht zu behaupten, ich wäre bereits verkauft. Muss ich gleich tot sein, Hora?

Viele Male bin ich die Straße auf und ab gegangen seit dem Augusttag, an dem Lena und ich von Kloster Reichenstein aus hierherfuhren. Durch Kalterherberg hindurch, wo nur noch Schilder und keine Zollhäuschen mehr den Landeswechsel bezeugen. Zweieinhalb Kilometer sind es vom Ortskern bis zu Georgs Haus, und je nachdem, wie der Wind steht, kann man im Wohnzimmer die Glocken des Eifeldoms läuten hören, der neuromanischen Kirche Kalterherbergs. Nicht nur dieses Dorf und seine Venn-Umgebung habe ich seither erkundet. Ich bin auch durchs Holzbach-, Eiserbach- und Belgenbachtal gewandert, habe die rasierten Hausschutzhecken wie die knorrigen Flurhecken bestaunt, die sich als rotbuchiges Kreuzgewölbe über meinen Wegen schlossen. Ich habe den Blick übers Rurtal genossen, das einem Zauberwald mit düsteren Einschnitten und sonnigen Inseln gleicht. Ich bin vor gespenstischen Schieferwänden stehen geblieben, deren Zacken und Schichten bedrohlich in den Himmel ragen, habe den scheuchenden Wind in den Tannenwipfeln gehört, der wandert und ständig neue Melodien verfasst, forte, piano, hinter mir, neben mir, um mich. Längst begrüßt man mich mit Namen: in der Bäckerei, der Landmetzgerei, im Lebensmittelmarkt und sogar am Frischmilchrastplatz, der tatsächlich so heißt und über Automaten verfügt, an denen man sich Milch ziehen kann. Da ich ja kaum Milch brauche, kaufe ich dort sporadisch Käse. Ich habe bei Kaulards den stellvertretenden Vorsitzenden des Naturparks Nordeifel kennengelernt, der das Hohe Venn so gut wie seine Wohnung kennt und unermüdlich Unterstützung und Geld für seinen Erhalt und seine Pflege eintreibt, und habe außerdem und ebenfalls bei Kaulards die Bekanntschaft eines Rangers gemacht, mit dem man abseits ausgetretener Pfade durchs Moor streifen kann. Dank Georg habe ich auch das schummrige Gasthaus Zum Eisernen Baum in einem gedrungenen Fachwerkbau aufgetan. Ein Restaurant in einem ehemaligen Wohnzimmer, in das ich aus freien Stücken nie eingekehrt wäre, in dem man allerdings den besten Hirschbraten auftischt, den man sich vorstellen kann.

Auf unserer Fahrt nach Ruitzhof schwiegen wir, Lena und ich. Unsicher, wenn auch wohlig miteinander. Bekümmert aufgrund der klösterlichen Eindrücke, der Videobilder von der Priesterweihe und des Gesprächs mit den beiden Mönchen, das von Vorsicht und Leere geprägt gewesen war. Viel hatten sie uns nicht verraten: Zunächst würden fünf Mönche im Alter zwischen dreißig und fünfundfünfzig Jahren aus Frankreich kommen, später, viel später, sollten es dreißig werden. Zur Neubesiedlung des Klosters sei eine Feier geplant, zu der wir gerne kommen könnten, allerdings gebe es dafür noch keinen Termin. Danach würde das Kloster für Besucher geschlossen und nur noch nach

Vereinbarung besichtigt werden können. Auf unsere Nachfrage hin räumten sie ein, dass der Projektverantwortliche für Kloster Reichenstein zwar Mitglied der Piusbruderschaft, der Verein St. Benedikt jedoch, der das Kloster aus Privathand gekauft habe, eigenständig sei. Wie der Tagesablauf später aussehen werde, hatte sich Lena erkundigt. Er sei vom Gebet bestimmt, hatte Pater Christoph geantwortet. Im Sommer stünde man um vier Uhr dreißig, im Winter um drei Uhr dreißig auf. Und dann Laudes, stille Messe, Frühstück, Prim, Terz, Sext, Mittagessen, Non, Vesper, Abendessen. Danach Schweigen bis zum nächsten Morgen, neun Uhr. Und jedes Wort des Mönchs, jedes Bild, das er erzeugte, hatte mich getroffen. Georg schweigend. Georg gehorsam. Georg in schwarzer Kutte mit Kapuze, mittelalterlich. Georg im Gebetstakt. Georg in einem Korsett. Es schnürte mich ein.

Dass mein Onkel, den sie mochte, als Mönch mit dem Orden von Notre-Dame de Bellaigue und damit auf enge Weise mit den Piusbrüdern verbunden war, von denen sie nichts hielt, hatte Lena offensichtlich nicht gewusst. Es bekümmerte sie. Zwar kommentierte sie es nicht, aber ihrem Gesicht war abzulesen, dass auch sie darüber nachdachte, wie der Orden und Georg zusammenpassen sollten, wie sie das Bild von ihm, den sie bis dato für einen aufgeschlossenen, promovierenden Priester gehalten hatte, mit den Erlebnissen in Reichenstein in Einklang bringen konnte. Da mich diese Fragen nach wie vor ebenso ratlos, ja, sogar misstrauisch stimmten, schwieg auch ich und überlegte, wie ein Mönch mit Armutsgelübde einen Bauernhof in der Eifel besitzen konnte. Auch dazu fiel mir keine einleuchtende Erklärung ein.

Lena und ich sahen aus den Autofenstern schmucklose Häuser mit gefliesten Fassaden und hübschere Fachwerkhöfe entlang des Wegs. Seit den Sechzigerjahren, so weiß ich von den Kaulards, darf in Ruitzhof nicht mehr gebaut werden, daher scheint der Bestand des Weilers wie aus der Zeit gefallen, als liege er in einem Dornröschenschlaf, von nichts und niemandem zu erwecken. Was man ohne Grenzbaum und Zoll nicht mehr wahrnimmt – die Situation der Enklave –, bereitete mir schon an diesem Augusttag Schwierigkeiten: Mein Handy wusste nicht, für welches Land es sich entscheiden sollte, also bekam ich gleich gar kein Netz und erreichte Georg nicht vorab, als wir langsam die Straße hinauffuhren, neugierig das Haus meines Onkels suchend. Wir hatten keine Vorstellung, welches es sein mochte, doch machte er es uns denkbar leicht. Mit einem Buch in der Hand saß er – sehr fern jedweden Korsetts – auf einer hölzernen Bank vor dem putzigsten in der Sonne. Diesem Hof mit dem grünen Scheunentor, in dem ich jetzt sitze, diesem Hof mit den Fachwerkbalken, dem Schieferdach und den Staudenbeeten hinter einem grünen Holzzaun. Neben ihm auf dem Tisch standen eine Flasche Wein im Kühler, ein Glas, ein Aschenbecher für seine Zigarre, und als wir anhielten, erhob er sich und lachte, als hätte er uns längst erwartet.

Wenn ich heute mit Edda die Straße auf und ab gehe, erinnere ich mich immer an genau diesen Moment. Daran, dass Georg nicht im Mindesten überrascht war, uns vor seinem Haus zu sehen. Daran, wie Lena meine Hand umfasste, als wir durch das Gartentor auf ihn zugingen, dass er nicht fragte, wie wir ihn gefunden hatten. Wie er in Windeseile auf den Tisch brachte, was er dahatte: Knäckebrot, Speck und eine Schachtel Salzstangen, dazu zwei weitere Gläser. Daran, wie ich bei der Hausbesichtigung die Bilderrahmen mit Fotos von mir, Georg und einem Freund, meiner Mutter und dem Jungen aus Hamburg sah, dasselbe wie in meinem Album, nur um die Großeltern beschnitten, damit es in den Rahmen passte. Vor allem aber erinnere ich mich an Georgs Freude über unseren Besuch und den Satz, den er im Wohnzimmer zu mir sagte, obwohl ich ihm schon bei unserem ersten Gespräch erzählt hatte, dass ich es nicht mehr tat: »Ich finde, du solltest hier schreiben.«

Seiner ist der kleinste Hof des Ortes. Ein zweistöckiger Fachwerkbau mit krummem Blausteinboden, winzigen Fenstern, niedrigen Balkendecken, die Herr Kaulard weiß lackiert hat, und unebenen, weißen, von Fachwerk geäderten Wänden. Im oberen Stockwerk gibt es zwei Schlafzimmer mit Dielenböden, auf denen man sich mit nackten Füßen Splitter einfängt, Kohleöfen, die entweder zu viel oder zu wenig heizen, Nachttische aus Bücherstapeln, Holzbetten mit karierten Plumeaus, daneben ein winziges Bad mit einer altertümlichen Wanne auf stilwidrigen Löwenpranken. Im Parterre befindet sich eine modernisierte Küche mit Gasherd und passender Dunstabzugshaube, Weinkühlschrank und geräumiger Arbeitsfläche über vielen weißen Unterschränken, in denen alles zu finden ist, was sich ein Hobbykoch für die Zubereitung verschiedenster Gerichte wünscht. Daneben das Wohn- und Arbeitszimmer mit aus rotem Backstein gemauertem Kamin, ausladender, weißer Couch und zwei abgenutzten, rotweiß gestreiften Sesseln, Regalen mit einigen Büchern (Lyrik, Theologie, Eifelliteratur, Wanderführer, versprengte Klassiker) und Fotos. Vor dem Fenster zum Garten hin, aus dem man über die Weiden hinaus ins Venn sehen kann, steht Georgs birnenhölzerner Schreibtisch, an dem ich jetzt sitze, daneben ein scheußliches weißes Klavier, auf dem ich, seit ich hier bin, keinen Ton gespielt habe. Georgs Haus ist alles andere als luxuriös. Es ist ein wenig verwohnt, klein, warm und einladend. Ganz das Gegenteil von Reichenstein.

Man kann keinen Onkel wie den meinen haben und mögen, ohne sich mit seinem Beruf auseinanderzusetzen. Warum nur fällt es mir nach wie vor schwer, *Berufung* zu schreiben? Doch war es nicht Georgs Scheu vor ausführlichen Antworten, seine vielsagende Zurückhaltung, die mich dazu anspornte. Es war Lena. Mit der Verbissenheit der Historikerin stellte sie unumwunden die naheliegenden und wichtigen Fragen, die ich in meinen Gesprächen mit ihm nur behutsam anschnitt in der Befürchtung, er könne ein zweites Mal die Tür zuschlagen. Die Vorstellung, dass wir uns über die Frage seiner Ordenszugehörigkeit entzweien könnten – was ich für durchaus möglich hielt, würden wir es auf eine handfeste Diskussion ankommen lassen –, machte mir Sorgen. Alles wollte Lena wissen und jedes Schulterzucken von mir ließ sie das Gesicht verziehen, als wolle sie mir zu verstehen geben, wie unannehmbar meine Ratlosigkeit war. »Aber das musst du doch wissen *wollen*«, wiederholte sie selbst in den unpassendsten Situationen. Wenn wir im Theater oder beim Mittagessen saßen, wenn wir im Bett lagen, das wir fortan häufig teilten, ohne dass je darüber gesprochen wurde. Dass wir uns liebten, war für Lena eine Selbstverständlichkeit, zweimal, dreimal, viermal am Tag; vor dem Aufstehen, mittags, abends, und nein: nicht nur im Bett. Mit ihr war es anders als alles, was ich bis dahin erlebt hatte, und ich habe vielleicht nicht allzu viel, aber doch einiges erlebt. Ich erwähne das ohne Prahlerei, denn es ist überwiegend Unerfreuliches dabei gewesen. Unmaßgeblicher, bewährter Sex hat sich durch mein Leben gezogen wie Zuckerrübensirup, bis ich glaubte, so sei es eben, so müsse es wohl sein. Sexuelle Erfüllung, um ein großes Wort zu bemühen, hatte ich von einem ungewissen Zeitpunkt an für cineastisches Blendwerk gehalten oder, gnädiger, einen Zustand, der in der realen Welt in den ersten Monaten einer Beziehung vorkam und hiernach nicht mehr. Bis ich Lena traf. Sie sorgte dafür, dass ich mich in jedem Spiegel oder Schaufenster, das mein Bild wiedergab, ansehnlicher fand als zuvor. Ihre Nähe bewirkte, dass ich mich entschlossen, umgänglich, ja gewinnend fühlte, gesellig wurde und sogar den Eindruck hatte, meine Studenten würden aufmerksamer zuhören. Lena war so unbeschwert, so grundlegend glückbringend in jeder und keineswegs nur in körperlicher Hinsicht, dass ich nichts dagegen hatte, wenn sie selbst in solchen Situationen über Georg sprach, in denen es nicht unbedingt nahelag. Immer wieder kam sie auf ihn zurück. Er ließ ihr keine Ruhe. Das musst du doch wissen wollen! Gefolgt von einem Kuss und einem schmollenden, fragenden, herausfordernden, lachenden, missbilligenden Blick. Je nach Dringlichkeit.

»Du klingst anders«, bemerkte bald auch Patricia bei einem unserer Telefonate, »du klingst lebendig.«

»Ach«, antwortete ich und addierte im Geiste *tot* zu den Adjektiven, mit denen sie mich bedacht hatte. Selbstbezogen, zynisch, unerreichbar, tot. Denn Patricias Begrifflichkeiten hatten ihre Berechtigung. Aus ihrer Perspektive, in die hineinzuversetzen mir während unserer nachehelichen Telefonate gelegentlich gelang, war jede einzelne zutreffend gewesen. Sie hatte diese Eigenschaften in mir hervorgerufen, Wesenszüge aus mir geschachtet, die andere und auch ich selbst nie meine prägnantesten genannt hätten. Da ist diese unveränderliche Grunddisposition, über die sich alle einig sind. Nicht zu verbergen. Offensichtlich in Blicken, Bewegungen, in unbedeutend nur scheinenden Äußerlichkeiten. Jede Regung eine Botschaft, ob wir wollen oder nicht, dagegen lässt sich nichts machen. Doch alles darüber hinaus, jedes Mehr eröffnet im Zusammenspiel zweier Menschen das Reich der Möglichkeiten, als Teufel oder Held ins Gedächtnis des anderen einzugehen. Wir werden trotzig zu dem, was der andere in uns sieht. Einzelgänger, Zyniker, Scheintoter: alles eine Frage der Perspektive. Alles besser, als sogleich in Vergessenheit zu geraten. Wortlos musste ich Patricia während dieses Telefonats zustimmen. Lebendig war ich. Spürbar anders für sie. Wach. Dank Georg und Lena. Was ich in beiden Fällen versäumte, was ich selbstbezogener- und zynischerweise versäumte, war, genau diesen beiden Menschen wesentliche Fragen zu stellen, die ganz und gar nichts mit Glauben zu tun hatten.

4

Nebel. Herbstkühle. Morgengrauen. Durchs *Paradies* – den Kreuzgang mit seinem Löwenbrunnen – in die romanische Basilika. Ein Raum von ungekünstelter Schönheit: die eingewölbte Decke, wenige Blendbögen und Arkaden, dezente Fenster rechts und links, blaugrau gefärbt, im Ostchor ein Ziborienaltar. Davor dunkelhölzernes Chorgestühl, von einem eisernen Zaun umrandet. Darüber das goldglänzende Mosaik, im gedämpften Licht um diese Uhrzeit kaum auszumachen. *Ich bin der Weg, die Wahrheit und das Leben,* steht in dem aufgeschlagenen Buch, das Jesus auf diesem Mosaik hält. Johannes 14,6. Ich hätte auf kürzerem, wärmerem Weg durchs Kloster in die Kirche gelangen können, aber das *Paradies* zu durchqueren gefiel mir aus liederlichen wie ästhetischen Gründen besser als der nüchterne, mit Solnhofener Platten ausgelegte Gang, der von der Klausur aus an schweren Türen vorbei zur Abteikirche führt.

Der Tag eines Benediktinermönchs wird durch den Rhythmus der Liturgie geregelt, und die Zeiten des

Chorgebets, sieben an der Zahl, geben allen Aktivitäten ihre Ordnung. Um sechs Uhr dreißig Morgenlob. Laudes. Sechs Uhr dreißig. Gar nicht gut. Aber Lena hielt Maria Laach für den richtigen Schritt, das Leben eines Mönchs kennenzulernen. »Wenigstens eines normalen Mönchs«, insistierte sie, nachdem ich das von ihr vorgeschlagene Seminar der Piusbrüder in Essen zum Heiligen Rosenkranz kategorisch (weil inhaltlich vorhersehbar) und Maria Laach als Glaubenstourismus zunächst abgelehnt hatte. »Komm schon, Hora. Man muss wissen, worüber man spricht … Man muss kennen, was man ablehnt. Zwei Tage, zwei Nächte. Das ist ein Wochenende, mehr nicht.« Der Termin, den sie für die Exerzitien in Maria Laach gefunden hatte, schien am Ende des Sommers weit fort, lange hin, und noch während ich ihn in meinen Kalender eintrug, dachte ich wie so oft: Bis dahin kann viel geschehen, dazwischenkommen, sich ändern. Doch als der Tag sieben Wochen später da war, musste ich feststellen, dass, wie immer bei meinen Kalenderdaten, nichts dazwischengekommen, nichts weiter geschehen, die Zeit mit ihren Möglichkeiten vielmehr im Alltag und mit Lena verstrichen und, ohne viel Aufhebens, der Herbst hereingebrochen war.

Mitte Oktober. Mit fünf weiteren Gästen saß ich, mehr Lena als Georg oder mir zuliebe, auf alles und nichts gefasst, vor etwa dreißig Mönchen in ihrem Chorgestühl, über denen der Pantokrator-Christus thronte. *Ich bin der Weg, die Wahrheit und das Leben.*

Verschlafen. Müde. Uneins mit mir und meinem Tun. *Herr, öffne meine Lippen.* Der Beginn des Morgengebets. *Damit mein Mund dein Lob verkünde.* Hymnen, Psalmen, Lesungen und Gebete wechselten einander ab. Ich schwieg. Betrachtete die Mönche, die Kirche, ihre Säulen und die Fenster, hielt meine Lippen geschlossen, hörte zu. Ich verkündete kein Lob, sondern fragte mich, wie viele Urlauber Umberto Eco in den Achtzigern den Klöstern weltweit beschert haben mochte, dachte an Folklore und war doch gefangen von der schummrigen Szenerie. Das Chorgebet, hatte Pater Andreas bei der Begrüßung gesagt, schaffe Raum für Begegnungen mit Gott. Er wünsche uns für die kurze Einkehr die Möglichkeit, Maria Laach als Oase zu erfahren, als Übungsweg, unsere Lebenssituation deutlicher wahrzunehmen. Der feste Rhythmus des Klosters, bestimmt von Gebets-, Arbeits- und Essenszeiten, könne dabei helfen, das eigene Tempo zu entschleunigen, und der Seele Zeit verschaffen, zu sich selbst zurückzukehren. Noch heute erinnere ich mich an meine Belustigung über diese Worte: Welche Richtung würde meine Seele einschlagen, wollte sie zu sich selbst zurückkehren?

Jugendherbergen. Kantinen. Klöster. Akustisch eint sie der Hall. Er schallt von kahlen Wänden und funktionaler Einrichtung wider. Keine Teppiche, keine Tischdecken, keine Vorhänge, keine gepolsterten Stühle dämpfen die Geräusche. Die fahle Kühle der Notwendigkeit durchwebt diese Orte. Das Wesentliche ist ihnen eingebaut: Nahrungsaufnahme. Körperreinigung. Schlaf. Wir Besucher sprachen beim Essen kaum miteinander, saßen an unterschiedlichen Tischen, tranken Filterkaffee zu Broten mit Marmelade oder Schnittkäse, in unseren Nasen der Geruch von Putzmittel und verglühten Kerzen. Anschließend ging ich auf mein Zimmer zurück, das so schmucklos und behaglich wie das eines kommoden Landgasthofs war. Ich legte mich aufs Bett, ratlos, was mit diesem Tag anzufangen war, schlief ein, nachdem ich in der Nacht zuvor kaum hatte schlafen können. Seltsame Träume hatten mich wieder und wieder geweckt. Der einzige, an den ich mich klar erinnern konnte, war der, in dem ich mit meinen Eltern und mir fremden Kindern einen Freizeitpark besuchte. Einen weitläufigen, altmodischen Vergnügungspark, dessen Farben und Materialien mir vertraut schienen. Weiße Gartenstühle beispielsweise, deren Sitz- und Rückenflächen aus eng gereihten roten Plastikschnüren bestanden. Eis- und Würstchenwagen, rot bemalt, aus schwerem Stahl, die rot-weiß gestreiften Markisen mit Volants. Ein Karussell, vanillefarben, mit pastellbunten Muscheln und goldenen Pferden. Mutter bat mich, mit den fremden Kindern – darunter auch der Junge aus ihrem alten Album – die weit geschwungene, rot-weiße Treppe eines dachlosen Gebäudes nach oben zu gehen, über die wir auf Umwegen zu einer überdimensionierten Rutschbahn gelangen würden. Wir Kinder liefen und liefen die endlose Treppe hinauf, die sich von einer Kurve in die nächste durch unzählige Räume und Szenerien voller Statisten wand. Wildwest. Schloss Versailles. Eine Zeichentrickwelt. Ein Heißluftballon. Ein rabenschwarzer Geisterraum. Aber die rote Rutschbahn, die auf dem ganzen Weg neben uns zu sehen war, erreichten wir nicht. Und kein Kind rutschte an uns vorbei. Sie war und blieb leer.

Nach zehn wurde ich wach. Die Sonne schien jetzt von einem glasblauen Himmel. Ich stand auf und streunte durch die Klosteranlage, die mir Ruhe geben sollte, während sie inzwischen busweise herangekarrte Touristen zu verkraften hatte. Mindestens drei Seniorenvereine. Schulklassen auf Wanderfahrt. Eine Hochzeitsgesellschaft. Die Braut im überbordend weißen Kleid. Dieses Sahnebaiser, ihr Blumenbouquet, die Gäste mit den heliumgefüllten Herzchenballons, das war nichts für mich. Ich dachte an Lena und daran, wie ich diesen Herbsttag romantischer hätte verbringen, wie wir zusammen um den Laacher See durch gefärbte Wälder hätten spazieren und sowieso um sechs Uhr früh, oder auch jetzt, gegen elf, noch im Bett hätten liegen können, dass ich sie hätte riechen und schmecken und halten und lieben wollen, und ich tröstete mich damit, dass sie nicht in Bonn, sondern übers Wochenende nach London zum Geburtstagsfest einer Freundin gereist war. Ich besuchte die Gärtnerei, in der kitschig rote Äpfel und säckeweise Kartoffeln neben grellfarbigen Astern, tiefroten Dahlien, getrimmten Buchsbäumen und buschigen Hortensien feilgeboten wurden. Anschließend den Ausstellungsraum der Tischlerei, zu dem ich durch ein Waldstück spazieren musste, da er in einer Villa etwas außerhalb des Klostergeländes lag. Ledercouches. Von innen beleuchtete Kleiderschränke mit lautlos gleitenden Schiebetüren. Massive Esstische mit versenkbaren Ausziehplatten. Breite und schmale Betten mit dazu passenden Nachttischen. Ich weiß nicht, warum mich vor allem die hochmodernen Fernsehmöbel überraschten. Kommoden, aus denen auf Knopfdruck Bildschirme herausfuhren. Konsolen, in die leistungsstarke Boxen eingebaut waren, die zur Beschallung eines Kinosaals getaugt hätten. Was hatte ich erwartet? Beichtstühle? Gebetsbänke? Es läutete Mittag. Die Sext und die Non, aus praktischen Gründen zusammengefasst. Kein Zwang. Aber dazu war ich hergekommen: das Leben der Mönche zu verfolgen, im Mindestmaß zu erleben. Also wieder in die beheizte Abtei, in der anders als am Morgen nun viele Besucher knipsten oder knieten, mit ihren Nachbarn flüsterten oder in Broschüren lasen. Ich betrachtete die Patres, die einen halben Arbeitstag hinter sich hatten, ein stattliches Unternehmen mit unterschiedlichsten Sparten führten und jetzt, pünktlich nach Fahrplan, in der hellen Kirche unter ihrem Mosaikchristus sangen, nicht mehr gespenstisch wie in der Frühe. *O Gott, komm mir zu Hilfe. Herr, eile mir zu helfen.* Es wirkte auf mich wie die halbstündlichen

Vorführungen in Vergnügungsparks: nach dem Zauberer die Akrobaten, gefolgt von Tänzerinnen, hintendrein Klerikalklimbim mit Mönchen. Ich projizierte Georg ins Bild. Stellte ihn mir vor beim Morgen- und Mittagsgebet. In seinem schwarzen Habit zwischen seinen Mitbrüdern. Im Gespräch mit Besuchern. Als Beichtvater. Als Priester, der ein Sahnebaiser-Paar traut. Denkbar, dass es nur um Struktur ging. Ordnung und Struktur. Möglich, dass ihm nur dies Sicherheit gab: mit Menschen zu leben, denen er nichts erklären musste.

Zur mittäglichen Gemüse-Lasagne las uns ein Laie aus der Bibel vor. Lukas 7,31–35, worüber ich von Berufs wegen länger nachdachte. Ich fragte mich, warum Pater Andreas, der für uns Gäste zuständig war, ausgerechnet diese Stelle ausgewählt hatte, in der Jesus darüber nachdenkt, wem die Menschen ähneln. Wie Kinder seien sie, die einander zuriefen, dass sie für die anderen musiziert hätten, doch die hätten nicht getanzt. Dass sie für die anderen Klagelieder gesungen hätten, doch die hätten nicht geweint. Der Messias sei gekommen, habe gegessen und getrunken – ein Mensch eben –, und sei deswegen Fresser und Säufer genannt worden. Und doch habe die Weisheit durch all ihre Kinder recht bekommen. Die biblische Hermeneutik hat mich immer fasziniert, das Wort Gottes ist mit seinen ursprünglich hebräischen, aramäischen und griechischen Niederschriften ein ausgesucht schwieriger Fall für Textarbeiter. Oft unverständlich aus sprachlichen, oft inakzeptabel aus verständlichen Gründen. Ein Seminar dazu anzubieten verbat sich mir selbst mangels Expertise. Aber einen Exegeten als Gastdozenten unter der Überschrift »Mord und Totschlag von Markus bis Egbert« einzuladen, wäre keine schlechte Idee.

Nachdem ich, merklich von Lena inspiriert, zufrieden diesen Plan fürs nächste Semester gefasst hatte, besuchte ich den Klosterladen, in dem erwartungsgemäß Honig, Früchte, Brot und Gemüse verkauft wurden. Anschließend ging ich in die Buchhandlung mit ihrem kirchenbiederen Randsortiment. Bronzene Seelentröster für die Hosentasche. Getöpfertes Geschirr. Enthusiastisch verschlungene Glasarbeiten in schreienden Farben. In den Regalen dahinter die religiöse und belletristische Auswahl. Beide gleichermaßen freisinnig und unverbrämt, sodass ich ein Werk zu *Anstößigen Bibeltexten und ihren Erläuterungen* für mein geplantes Seminar erstand und gut gelaunt ins Klosterforum schlenderte, wo für Besucher in Dauerschleife der halbstündige Film *Unter der Führung des Evangeliums* gezeigt wurde. Ein Film, stellte sich heraus, der all die Fragen aufgriff, deren Beantwortung die Mönche im direkten Gespräch müde geworden sein mussten. Ich saß in dem dunklen Saal, der wie die Aula einer Schule wirkte, und kaum hatte ich zwei Minuten des Films verfolgt, fiel mir Patricia ein. Wie belustigt sie wäre, sähe sie mich in diesem Laacher Kino. Wie sie skeptisch die linke Braue heben würde. Ist das dein Ernst, Hora? Sie, die dem Glauben an einen Gott nichts abgewinnen, die mit der Kirche nichts anfangen konnte, die über deren klassische Verfehlungen – so nenne ich, was ihre Kritiker unabwendbar gegen sie ins Feld führen: Kreuzzüge, Inquisition, Missbrauch, Frauenfeindlichkeit, Enthaltsamkeitsgebote, Verhütungsverbote – in Rage geraten konnte wie sonst nur über Ignoranz gegenüber dem Klimawandel. Meine Ehefrau, die niemals mit der sachlichen Begeisterung meiner Freundin sagen würde: Beachte nur die Leistung des Seins dieser Organisation! Eine fast zweitausendjährige Geschichte. Durch alle Zeiten hindurch. Mit allen Fehlern, die Menschen in ihrer Epoche und durch ihre daraus resultierenden Überzeugungen machten. Mit allen guten und schlechten Eigenschaften, die Menschen zu eigen sind. Sie ist immer noch da, hat zumindest grundsätzlich an ihrer Botschaft des Friedens und der Freiheit nie etwas geändert. Die Kirche ist qua Existenz ein faszinierender Koloss.

Unvermittelt in mein Nachsinnen über Ehefrau und Freundin hinein erschien auf der Leinwand eine Skulptur. Eine der Kapitellplastiken in den Arkaden des *Paradieses.* »Das Teufelchen am äußeren Westportal«, erläuterte der Sprecher, »notiert die Sünden des Volks auf einem Pergament. Seine und alle anderen Darstellungen sollen den Eintretenden dazu auffordern, sich selbst zu erkennen und am Eingang der Basilika vom Ballast der Sünde zu befreien.« Und da war es groß im Bild, das sandsteinerne Männlein mit lockigem Haar und gar nicht teuflischem Blick. Eher gequält. Aufgezehrt von Mitleid. Den Mund geöffnet, als wolle es *Ach, nein!* rufen, Stift in der Hand, Schriftrolle auf dem Bein, umkreist von schwungvollem Blattwerk. Irritiert schaute ich den Film weiter, konnte mich kaum konzentrieren, das Teufelchen schwirrte in mir. Es erschreckte mich. Kränkte mich. Es schreibt!, plärrte ein Chor in meinem Kopf, als Bass tönte Georg dazu: Ich finde, du solltest hier schreiben. Die Stimmen legten sich wie im Kanon übereinander, untereinander. Es schreibt! *Ich finde, du solltest hier schreiben.* Es schreibt! Wenn es auch nur die Sünden anderer petzt, eine niederträchtige Angelegenheit, ein mieses Unterfangen, ein nichtswürdiges Thema. Es schreibt! Ich finde, du solltest hier schreiben. Nicht wohlwollendes Interesse des Patenonkels. Nicht sentimentale Erinnerung, als die ich seine Worte abgetan hatte. Das Teufelchen schrieb es mir duldsam aufs Pergament: *Jetzt.* Der Onkel war nicht rückwärtsgewandt, so unbestreitbar er sich einem antiquierten Orden angeschlossen hatte. Sein Wesen, seine Haltung, beides war nie fortschrittsfeindlich, nie vergangenheitsherrlich gewesen und war es nach wie vor nicht, man musste ihm nur zuhören, ihn nur beobachten. Erst Tage zuvor hatte mir der Inhaber des Cafés, das Georg für das beste der Stadt hielt, erzählt, wie rührend mein Onkel sich um ihn kümmere. Ihn, Luca, der eine Frau sein wollte und nicht genügend Geld für die medizinischen Behandlungen von seiner Krankenkasse erhielt. Ich wusste, dass man sich den Status eines Stammgasts bei Luca erarbeiten musste, dass es Jahre dauerte, bis man es mit ihm oder ihr zu einem Gespräch brachte. Georg war es in kürzester Zeit gelungen, wahrscheinlich schon beim ersten Besuch. Dass er Luca half, hatte mich keineswegs überrascht, nur in meinem Wissen bestätigt, dass er weder intolerante Urteile noch altmodischen Dünkel in sich trug. Der Onkel nahm die Gegenwart, schaute nach vorn. *Jetzt.* Und doch hatte ich nicht hören wollen, was er mir in seiner Kate in Ruitzhof entgegengehalten hatte. Er hatte mich aufgefordert, jetzt zu schreiben. Er hatte gegenwärtige Gründe für sein Mönchtum, *gute Gründe,* hatte er gesagt. Doch was immer er in seiner Klostergemeinschaft suchte, *immer das Extrem,* hatte er gesagt, es schien nicht zu bedeuten, dass er sich deren Gesinnung, deren anachronistische, vorkonziliare Ideen zu eigen gemacht hatte.

Mich hielt nichts mehr im Kinosaal, ich war zu abgelenkt, zu gedankenverloren. Ich konnte den Film alsbald zu Ende schauen. Oder am nächsten Tag. Er lief ohne Pause von früh bis spät. Sicher konnte ich eine DVD erwerben. Georg führte, Patricia mochte recht haben, etwas im Schilde, aber es war etwas anderes, als sie dachte. Ihn trieb etwas an, das er verpasst zu haben glaubte und jetzt nachzuholen imstande war, und dabei handelte es sich, überlegte ich, vermutlich nicht um seine Promotion. Ich verließ den Kinoraum und ging zum *Paradies,* wo sich Besucher auf die Balustraden zwischen die Säulen des Kreuzgangs setzten und fotografieren ließen, wo eine Reiseleiterin die Bedeutung der dreischiffigen, doppelchörigen Pfeilerbasilika mit zwei Querhäusern und sechs Türmen nachzeichnete – »einem der schönsten romanischen Baudenkmäler des Landes aus Tuff, Kalkstein, Kylls-Sandstein und Basaltlava«. Ihre Worte wehten an meine Ohren, blieben nicht, ich hörte und überhörte sie, suchte und fand das Teufelchen. Da saß es. Über meinem Kopf. Schrieb. Verhöhnte und bemitleidete mich, und fast hätte ich ihm zugerufen: Komm schon, spuck's aus.

Sie sprachen mich nicht an. Die beiden Mönche, der ältere Pater Andreas, den wir bereits kannten, und der junge, annähernd dreißigjährige Bruder Severin, die uns zum nachmittäglichen Gesprächskreis in den Besucherraum neben der Pforte eingeladen hatten. Sie sprachen mich anderthalb Stunden lang nicht an, und das, vor allem, imponierte mir. In ihren schwarzen Gewändern saßen sie am Kopfende des rechteckigen Eichenholztischs, wir Gäste drum herum auf üppig verzierten Gründerzeitstühlen. Unbequem. Ein nicht allzu großer, quadratischer Raum. Hohe Decke. Weiße Wände. Parkettboden. Mittig ein rot-braun-gelb-weiß gemusterter Fransenteppich. Der Tisch. Acht Stühle. Rechts und links an den Wänden zwei dunkle Anrichten, darauf Bücher. Auf dem Fenstersims ein Einmachglas mit Blumen vom Feld. Als wir eingetreten waren, hatte Severin das Schild im Türrahmen routiniert von *frei* (grün) auf *besetzt* (rot) geschoben, damit wir ungestört blieben. Er musste oft in diesem Raum sein. Was er darin hörte und erlebte, würde darin bleiben, zwischen den vier Wänden und den acht Stühlen und den zwei Anrichten. Besetzt. Die ganze Stube schien mir belegt von Geschichten, die Pater Severin hier gehört hatte und noch hören würde, ein Benediktinermönch bleibt zeitlebens in einem Kloster. Das war sein Raum, dachte ich, und es würde immer sein Raum sein, so, wie er dasaß, braun gebrannt aus Österreich zurückgekehrt von einer Bergwanderung mit Schülern, die Beine übereinandergeschlagen, mit schwarzen Turnschuhen, ein Mann am Anfang seiner Karriere. Er war bei sich, zu Hause im wahrsten Sinne, als empfinge er uns in seinem privaten Wohnzimmer, ohne uns Kaffee oder Tee anzubieten, als sei er nur da, um an einem leeren Tisch sitzend zuzuhören.

Ob wir skizzieren wollten, warum wir ins Kloster gekommen seien, erkundigte sich sein Kollege Andreas. Dessen Handschlag, den ich bei der Begrüßung tags zuvor gespürt hatte, war ohne Druck gewesen. Butterweich. Seifig. Niemand müsse etwas darlegen, fügte er hinzu. Wir könnten auch gemeinsam beten, und sie würden uns gern aus dem Johannes-Evangelium vorlesen. Auf seinem Gesicht, links unterhalb des Auges hin zur Stirn, unansehnliche rote Flecken, neurodermitisch. Die randlose Brille wie ein fester Bestandteil seines schmalen Kopfs, in dem spitze, braune Augen, leicht arrogant, und ein beinah beleidigter Mund mit einem skeptischen Zug an der linken Seite seiner Oberlippe die hervorstechendsten Merkmale waren. Der Mann war nicht fühlbar, nicht greifbar. Nicht unsympathisch, nicht sympathisch. Nicht hässlich, nicht ansprechend. Einzig wie er uns betrachtete, wie er uns in sich aufnahm, zeigte, dass er ein schneller Denker war, dass ihm nichts entging. Zwei der fünf Gäste wollten sich gern erklären. Der eine, Karl, ein beleibter Mittfünfziger mit grauen, lockigen Haaren, beschrieb die tiefe Erschöpfung, die ihn ins Kloster gebracht hatte. Er sei Geschäftsmann mit einhundertvierzig Angestellten. Aber nichts und niemand, nicht einmal die täglichen Aufgaben, die er sonst gerne verrichtet habe, könne ihm noch ein Gefühl entlocken. Er sei zu müde, um noch etwas zu fühlen, da sei nichts mehr, er habe nichts mehr zu geben und hoffe, in Gott eine Antwort auf diese Leere zu finden. Das Kloster als Therapiezentrum für herkömmliche Seelenleiden, dachte ich und hoffte, wir würden uns nicht allzu lange mit seinem Weh auseinandersetzen müssen, dem er einen Sinn zuzuschreiben gedachte. Der zweite, Christian, schon interessanter. Schätzungsweise Ende dreißig, sportlich im hellgrauen Trainingsanzug, gab er ein Gespräch wieder, das ihn in seinen Grundfesten erschüttert hatte. Im Sommer hatte es stattgefunden, an einem italienischen Strand, wo er auf einen Philosophen getroffen war und man im lockeren Gespräch vom Hölzchen aufs Stöckchen, jedenfalls auch auf den frommen Katholizismus der Italiener zu sprechen gekommen sei, und da habe der Mann, dessen Namen er nicht kenne, man habe ja nur nebeneinander mit den Füßen im Meer gestanden und badende Kinder beaufsichtigt, da habe der Mann auf einmal gefragt: Aber wenn die katholische Kirche nun ein Verein wäre, dem Sie jetzt beitreten wollten und dessen Satzung Sie deswegen unterzeichnen müssten – würden Sie wortgetreu unterschreiben, was diese Vereinsmitglieder festgelegt haben und heute für richtig halten?

Kurz vor sechs war das Gespräch mit anschließender Lesung einer Passage aus dem Evangelium zu Ende. Johannes 8, 31–32. Wahrheit und Worte. *Wenn ihr in meinem Wort bleibt*, sagt Jesus an dieser Stelle, *seid ihr wahrhaft meine Jünger; und ihr werdet die Wahrheit erkennen, und die Wahrheit wird euch frei machen*. Andreas und Severin, die zum Gebet mussten, ließen die Bibelworte wohlerprobt als Abschluss stehen. Ein Angebot zum Nachdenken, und ja, ich dachte darüber nach. Über Freiheit und Bindung. Worte und Wahrheit. Gehorsam und Gewissensentscheidung. Ich hatte während der anderthalb Stunden, die wir im Besucherraum verbrachten, derweil das Licht zusehends fahler geworden und der Abend hereingebrochen war, kein Wort von mir gegeben. Patricia hätte mit den Augen gerollt und *typisch* gesagt. Die anderen hatten sich geradezu hineingestürzt in die Unterhaltung über Zweifel, Glauben, Wissen. Ich hatte nur zugehört, ihr Ringen um Antworten verfolgt. Nicht jedoch, weil mir jegliche Gesprächsbeteiligung müßig oder verschwendet erschienen war wie sonst, sondern weil mir die Teilnehmer wie in einem Kammerspiel für einen einzigen Zuschauer nichts als meine eigene Ambivalenz vorgeführt hatten. Im Agnostizismus hatte ich mich auf neutralem Boden bequem eingerichtet. Theoretisch gut. Praktisch unzulänglich. Die Indifferenz nur begrenzt tragfähig. Du kannst nicht *vielleicht* an Gott glauben. Du tust es. Oder eben nicht. Wahrscheinlich weiß jeder Mensch im Moment, da er zum ersten Mal darüber nachdenkt, ob er es tut oder nicht. Dieser Gedanke brachte mich erneut zum Teufelchen und seinem mitleidigen Blick. Und zu den Abenden im Pfadfinderlager, an denen wir ums Lagerfeuer gesessen hatten, aus der Bibel vorgelesen und nach unserer Interpretation des Textes gefragt wurde. Wie wir unter den Augen unserer Sippenführer gesungen, gebetet und geantwortet hatten, wie ich meinen Schützlingen später selbst Fragen gestellt hatte, bemüht, darin Offenheit und Toleranz zu transportieren, den Kindern das Selbstdenken nahzulegen und ihnen die Angst vor Zweifeln zu nehmen. Allabendlich hatte ich im Zelt mit einer Taschenlampe in mein Pfadfindertagebuch geschrieben, die Geschehnisse für die Oberen festgehalten und am Ende Ärger ob meiner freimütigen Notiz bekommen, meine Gruppe wegen außerordentlicher Leistungen zu Currywurst, Pommes frites und Cola eingeladen zu haben, während Askese, Selbstkochen und ungesüßte Getränke Grundpfeiler der Pfadfinderordnung waren. Eine Satzung, die ich nicht mehr unterschreiben wollte, nachdem ich wie das Teufelchen die Sünde notiert hatte.

Wenn mir in diesen zweieinhalb Klostertagen Göttliches widerfahren ist, so wie es uns Pater Andreas bei der Begrüßung gewünscht hatte, geschah es unversehens am Sonntagmorgen, an dem ich nur deswegen beschwingt aufgestanden war, weil ich mittags Lena vom Flughafen abholen würde. Ich traf den jungen Severin auf dem Flur, wo er so spät wie ich zu den Laudes eilte. Sechs Uhr einunddreißig. Wir hasteten nebeneinander den Solnhofener-Plattengang entlang.

»Die Klosterbibliothek«, sprach ich ihn an, »ich habe über sie gelesen. Ich weiß, sie darf nur an bestimmten Tagen oder nach Absprache besucht werden, aber ich würde sie sehr gerne sehen, bevor ich abreise.«

Severin zog mich im Laufschritt weiter zu der braunen Tür am Ende des Gangs, durch die wir zur Kirche gelangen würden. Er sperrte sie auf. Ich nahm an, er wolle mir zu verstehen geben, dass erst zu beten war, bevor an anderes gedacht werden konnte, aber auf der Treppe zur Kirche blieb er auf halber Höhe an einer unauffälligen weißen Holztür stehen. Er sperrte auch sie auf, führte mich in einen stockdusteren Zwischenraum und öffnete eine weitere, hohe, zweiflügelige

Holztür. Er betätigte einen Lichtschalter, schubste mich in den Raum, in dem ich in der Dunkelheit nichts erkennen konnte, und rief im Herauslaufen: »Ich komme nachher wieder.«

Damit war er verschwunden. Ich drehte mich um. Das Licht breitete sich langsam aus. Von Lampe zu Lampe, von unten nach oben wie eine Kettenreaktion. Vollkommene Lautlosigkeit. Da also stand ich. Er hatte mich in die Bibliothek geführt, in diese Kathedrale des Wissens mit gusseiserner Wendeltreppe, filigranen, hölzernen Galerien mit gedrechselten Geländern, zwölf Meter hohen Regalen mit Tausenden von Büchern. Ich rührte mich nicht, als könne jede Regung das Bild verändern. Nur ein kurzer Gedanke an Lena. Wie gerne sie das sehen, welche Begeisterung dieser Raum in ihr verursachen würde. Nichts als Staunen. Auf meinen Reisen habe ich viele wunderbare Bibliotheken besichtigt. Die des Prager Clementinums. Die des Amsterdamer Rijksmuseums. Die Sainte-Geneviève-Bibliothek der Pariser Universität. Die Wiener Nationalbibliothek. Doch eine so erhebende und zugleich behagliche wie diese einhundertfünfzig Jahre alte Bibliothek war mir noch nicht begegnet. Ich schloss die Tür. *Tanzsaal der Bücher ...*, stand in kindlichen Druckbuchstaben auf einem in ihren Rahmen geklebten Zettel. *Etwas so Schönes habe ich noch nie gesehen. Danke, dass ich helfen durfte. Euer Elektriker Stanislaus.* Ich drehte mich um, ging in den Saal und nahm mir begeistert Regal für Regal vor. Es gibt wenige Momente solch vollkommenen Glücks. Eine Kollegin aus Berlin hat mir einmal anvertraut, beim Hören von Bachs *Matthäus-Passion* jedes Mal von tiefem Glauben erfüllt zu sein, während sie ansonsten nichts mit Gott zu tun hat. Ich weiß: Man ist nicht Moslem, weil man die Blaue Moschee schön findet. Aber mir ging es in der Laacher Bibliothek wie der Kollegin. Wenn es ihn gab, dachte ich, hatte er sich soeben weise in mein Wochenende gestohlen.

»Hier sind nur sechzigtausend, unser gesamter Bestand umfasst zweihunderttausend Bücher.« Pater Andreas, der nicht Fassbare, rief mir das eine Dreiviertelstunde später von unten zu. Ich war inzwischen auf der zweiten Galerie angelangt, wo ich ein seltsames Büchlein von 1812 aus dem Regal gezogen hatte, ein Zauberbuch.

»Der überwiegende Teil ist im alten Kuhstall«, erklärte mir Andreas mit lauter Stimme weiter, »vor allem die besonders betagten und wertvollen Exemplare. Wäre die Säkularisierung nicht gewesen, hätten wir hier noch Werke aus dem Gründungsjahr des Klosters, 1093. Aber der damalige Bestand von etwa viertausend Büchern wurde zerstreut. Als die Jesuiten das Kloster 1862 wiederbesiedelten, richteten sie eine neue Bibliothek ein. Aber die nahmen sie leider mit, als sie 1869 wieder gingen.«

»Woher stammt der Bestand, den Sie jetzt haben?«, rief ich zurück.

»Schenkungen, Stiftungen, Käufe. Übernahmen – etwa aus Kloster Neustadt.« Pater Andreas blickte zu mir hinauf und hielt seine Rechte über die Stirn, als müsse er seine Augen von der Sonne abschirmen.

»Wie ich sehe, keineswegs nur theologische Fachlektüre«, ich winkte mit dem schmalen Band, den ich noch in der Hand hielt. Tatsächlich hatte ich auf allen Ebenen nicht nur Werke zur Liturgie und ihrer Geschichte, zum Bibelstudium, zur Kirchengeschichte, zur Theologie gefunden, sondern auch Literatur, Kunst, Sprachen, Werke über die Landwirtschaft, die Medizin, die Fotografie. Ich hatte gehofft, Pater Severin möge mich zwei Stunden vergessen, damit ich Zeit hatte, alles in Ruhe zu bestaunen.

Andreas stieg die Treppe hinauf.

»Klosterbibliotheken waren von Anfang an bemüht, das gesamte Wissen der jeweiligen Zeit zu sammeln. Also finden Sie hier alle theologischen Disziplinen, darüber hinaus aber auch Philosophie, Biografien, Klassiker der Weltliteratur, Naturwissenschaften, Gedichtbände, Reiseliteratur, Kunstgeschichte ...«

»Guten Morgen«, begrüßte ich ihn, als er bei mir angelangt war. Unausweichlich, penetrant die Augen hinter seiner Brille. Ich vermied es, ihm die Hand zu reichen, noch einmal wollte ich nicht den schlaffen Gruß spüren. »Sie haben mich gestern Nachmittag nicht angesprochen, das fand ich bemerkenswert«, gestand ich ihm stattdessen.

»Sie haben mich auch nicht angesprochen«, entgegnete er, »ebenfalls einen guten Morgen.«

»Aber ich hatte angenommen, dass Mönche – wenn man schon einmal als Gast bei ihnen ist – die Gelegenheit beim Schopfe packen und ihrem Missionsauftrag nachkommen.«

Andreas blickte zu den Oberlichtern, die das langsam erstarkende Herbstlicht hereinließen, dann erneut ins Regal, wo er ein Buch zurechtrückte, bevor er mich wieder ansah.

»Mission ist ein weites Feld mit Interpretationsspielraum. Nur da zu sein, auch das kann Mission sein. Was wir unseren Gästen geben wollen, ist Ruhe. Wenn sie sprechen möchten, sind wir da. Wenn nicht, wozu sie bedrängen? Für uns zählt die Freiheit, das bedeutendste Element des Christentums. Die Freiheit der Entscheidung. Man kann niemanden zu einer freien Entscheidung drängen.«

»Das hat Ihre Kirche aber nicht zu allen Zeiten so gesehen.«

»Nein. In der Tat.«

»Mich hier hereinzulassen war vermutlich eine freie Entscheidung von Severin ... Ich bin sehr dankbar«, entgegnete ich, »ich weiß, es ist ohne Begleitung eigentlich nicht gestattet.«

»Er hat es mir eben erzählt«, antwortete Andreas. »Bruder Severin hat sich gefreut, dass Sie ihn angesprochen haben, also hat er eine Ausnahme gemacht. Er hat mir gesagt, es sei Ihnen ein Anliegen, die Bibliothek zu sehen. Sie haben ja auch von Berufs wegen mit Büchern zu tun ... Ich habe im Vorfeld unseres gestrigen Gesprächs Ihren Anmeldebogen gelesen.«

Es gab nichts zu verlieren, dachte ich in diesem Augenblick. Wenn ich ein paar Antworten wollte, musste ich jetzt fragen. Wir waren allein. Er hatte mir das Gespräch angeboten. Mir blieb nicht mehr allzu viel Zeit in Maria Laach, da ich pünktlich am Flughafen sein wollte. Und so stellte ich meine erste Frage, die auch aus heutiger Sicht, hier am Schreibtisch in Ruitzhof, ziemlich blödsinnig klingt: »Warum wird man Mönch?« Wir waren beim Thema Berufe angelangt, dachte ich, die Frage passte zumindest einigermaßen.

Einen Moment lang sah mich Andreas irritiert, fast enttäuscht an, als habe er sich anderes von mir erhofft. Er sammelte sich und antwortete: »Aus Liebe zu Gott. Dieser Grund gilt für alle. In Ihren Ohren mag es nach wenig klingen, aber das ist ja so eine Eigenart des Glaubens, dass alles dürftig und flach klingt, was man dazu in Worte fassen kann, es aber in sich hat, wenn man es ernst meint. Was die weiteren Aspekte angeht: Jeder aus einem anderen Grund. Jeder aus der Hoffnung heraus, dass er in genau dieser Gemeinschaft findet, was er sucht.«

»Und wenn man erst spät im Leben die Liebe zu Gott findet«, fragte ich weiter, »wenn man erst nach vielen Jahren feststellt, was man sucht, steht einem auch der Weg ins Kloster offen?« Als ich es aussprach, wurde mir klar, wie er es verstehen musste. »Ich frage nicht meinetwegen«, stellte ich klar. »Es interessiert mich aus anderen Gründen. Gibt es viele, die in höherem Alter Mönch werden? Nach einem, sagen wir: recht bewegten Leben?«

Diese Frage wiederum bereitete Andreas Vergnügen. »Wir sind kein mittelalterlicher Klub. Jedes Leben hat Brüche: Beziehungen scheitern, die Kinder sind erwachsen, der Partner stirbt, der weltliche Beruf verschafft dem Leben keinen Sinn. Zu uns kommen viele mitten oder auch sehr spät im Leben. Das Eintrittsalter ist heute ohnehin viel höher als in grauer Vorzeit, als Familien noch eins ihrer Kinder ins Kloster schickten, damit es für sie beten möge, woran die Familie ja damals ihr Seelenheil knüpfte, und damit das Kind mehr oder weniger versorgt war. Heute ist es eine bewusste, persönliche Entscheidung. Wann auch immer. Und manchmal, nicht selten, ist es eine auf Zeit. Das ›Mönchtum auf Zeit‹, lassen Sie es mich so ausdrücken, verbreitet sich.« Er deutete auf das schmale Buch in meiner Hand. »Was haben Sie denn da?«

»›Der kleine Taschenspieler und Magiker‹. Ich habe eben den Untertitel gelesen und mich gefragt, wie dieses kuriose Büchlein wohl hierherkam.« Ich schlug es auf und las ihm vor: »Deutliche Anweisung, verschiedene Taschenspielerkünste und magische Täuschungen mit wenigen Kosten zu machen zur Unterhaltung und Belehrung über manches Unerklärbarscheinende.«

Andreas nickte. Ich fragte mich, zu wie vielen Büchern im Raum dieser gescheite, nicht zu deutende Mann aus dem Stand heraus würde Auskunft geben können. »Das kann ich Ihnen beantworten«, antwortete er. »Es gab in diesem Kloster einen Mönch, Bonifatius, der zur Unterhaltung seiner Mitbrüder gezaubert hat. Das Unerklärbarscheinende ... es muss ihn wie jeden Menschen sehr gereizt haben, es zumindest im Kleinen erklären zu können.«

Seine Antwort war absichtslos eine Brücke für meine nächste Frage.

»Was denken Sie: Könnte man glaubhaft Mitglied in einem Orden werden, ohne diese spezielle Gemeinschaft durchgängig zu wollen? Könnte man, gläubig, aber eben nicht derart gläubig, seine Mitbrüder und alle Welt täuschen?«

Andreas' Blick verharrte in meinem. Seine Gesichtsflecken hatten seit dem Vortag auch einen Teil der Nase erreicht. Unschön.

»Welche Gemeinschaft will man schon durchgängig?«, fragte er nach einer Weile zurück. »Wo hat man nichts auszusetzen? Aber Sie fragen nach einer bewussten Täuschung. Ich habe noch nie von einem solchen Fall gehört. Legt man allerdings zugrunde, dass Menschen über Jahrzehnte hinweg andere zu täuschen vermögen – und am besten wohl sich selbst –, ist es vorstellbar. Man müsste sehr überzeugt von den Motiven seines Tuns sein. Und auch sehr überzeugend, denn ein Kloster ist ein überschaubares Biotop. Irgendwann, davon gehe ich aus, würde man allerdings entweder zornig oder verrückt. Die Geschichte ist voller Beispiele, in denen Mönche ihren Orden zornig und verzweifelt verließen, um einen neuen zu gründen, weil sie dort nicht mehr fanden, was sie ursprünglich gesucht hatten. Dass man aber bewusst eintritt, während man diesen Orden eigentlich ablehnt, wäre sehr, sehr ungewöhnlich.«

Zornig. Verrückt. War Georg eins von beiden? Oder beides? War er innerlich so unabhängig, dass er das Klosterleben als Notwendigkeit zur Erreichung eines anderen Ziels leichthin ertragen konnte? Oder verstieg ich mich in Mutmaßungen, nur weil ich nicht wahrhaben wollte, dass mein Onkel seinem Orden vielleicht doch aus Überzeugung beigetreten war? Ich hielt es für ausgeschlossen.

»Warum haben restaurative Orden Zulauf«, arbeitete ich mich also vor, »und aufgeschlossene wie der Ihre Probleme, Nachwuchs zu finden?«

»Nehmen Sie die Orden als Spiegelbild der Gesellschaft, immerhin sind wir Teil derselben und nicht auf einem anderen Planeten«, antwortete Pater Andreas gelassen, als habe er den Verlauf unseres Gesprächs erahnt.

»Ist es so leicht?« Ich war nicht zufrieden mit seiner Antwort.

»Offenkundig nicht, aber Parallelen lassen sich nicht leugnen. Im Falle des Gläubigen handelt es sich um die ›Unterscheidung der Geister‹, für die die eigene Weltsicht Voraussetzung ist. Ich weiß nicht, ob Ihnen diese Formulierung etwas sagt?«

Ich schüttelte den Kopf.

»Es geht dabei um die Entwicklung der persönlichen Spiritualität, darum, die Wirkung des göttlichen Geistes von den Wirkungen anderer Triebfedern in sich selbst zu unterscheiden. Wie ich die Welt beurteile, welche Sicht ich auf sie habe ... danach unterscheide ich meine Geister. Im Kern ist es die Frage, wie und wo die Erinnerung an Jesus ›richtig‹ nachgelebt wird. Leite ich die Wahrheit aus der Offenbarung ab und folge ihr gehorsam oder nähere ich mich aus meiner Freiheit heraus der Wahrheit? Über diese Frage scheiden sich die katholischen Geister immer schon, denn in wem Gottes Geist ›richtig‹ wirkt ... Sie können sich vorstellen, dass es darüber so viele Ansichten wie Katholiken gibt.«

Lenas Feststellung fiel mir ein, dass die Kirche durch alle Zeiten und Wirrnisse hindurch gewirkt habe, je nach dem einzelnen handelnden Geist und Zeitgeist.

»Das kann ich mir lebhaft vorstellen«, stimmte ich zu. »Seit der Erfindung des Christentums dürfte man sich darüber die Haare raufen.«

»Wenn Sie nicht von der Erfindung des Christentums sprechen könnten?«, bat mein Gesprächspartner.

»Entschuldigen Sie. Seit Bestehen des Christentums.«

Andreas nickte zufrieden.

»Christen hießen anfangs nicht Christen, müssen Sie wissen, sie wurden ›Die vom neuen Weg‹ genannt …«

Er machte eine kurze Pause.

»Leider gibt es keine Gebrauchsanweisung dafür, wie man sein Leben im Geist Gottes führt«, fuhr er fort. »Die einen halten sich strikt an die apostolische Nachfolge, mit der seit den Aposteln der Auftrag Christi durch Handauflegung weitergegeben wird. Dadurch werden die Nachfolger befähigt, unanfechtbar zu bestimmen, welche Haltungen und Verhaltensweisen Jesus entsprechen. Die anderen unterscheiden vor dem Hintergrund dieser apostolischen Sukzession – also ebenfalls unter Anerkennung des Bischofsamts – ihre Geister selbst und wägen ab, welche Handlungen sie im Geiste Gottes vollbringen und welche nicht. Natürlich nicht mal eben so oder nach Lust und Laune, es gibt Voraussetzungen, die aber hier zu weit führen würden. Jedenfalls sollte man meinen, dass beide Wege zum selben Ziel führen, ob nun hierarchisch oder individuell. Tatsächlich aber gibt es seit den ersten Aposteln höchst unterschiedliche Ansichten.«

»Moment«, bat ich. »Nur damit ich das richtig verstehe: Die aufgeklärten Klöster gehen also den Weg über die individuelle ›Unterscheidung der Geister‹, während die konservativen Orden die hierarchische Nachfolge für richtig halten. Aber gerade sie liegen doch mit dem Papst im Clinch, lehnen das Zweite Vatikanische Konzil ab?«

»Sie haben mich nicht richtig verstanden«, erwiderte Andreas. »Das eine geht nicht ohne das andere, und doch können sie es nicht unmittelbar in Beziehung setzen. In welches Kloster man geht, hat damit zu tun, wie man die Welt sieht und welche Spiritualität man in sich sucht und trägt. Sie haben mich gefragt, warum Klöster, die die damaligen Konzilsbeschlüsse ablehnen, Zulauf haben und solche wie wir, die für eine Öffnung der Kirche sind, Probleme mit dem Nachwuchs. Es ist der Geist, die Haltung zu Gott und zum Leben, die sich in der Wahl eines Ordens manifestiert, was übrigens nicht heißt, dass es innerhalb eines Ordens nicht zu Spannungen über Glaubensüberzeugungen kommen kann. Und andersherum, ganz persönlich: Die Ordenswahl und die Sicht auf Gott und aufs Leben ist wieder Grundlage der persönlichen ›Unterscheidung der Geister‹ in einzelnen Verhaltensfragen und Entscheidungen.«

»Aus weltlicher Sicht kann ich mir schon ein gemäßigtes Ordensleben kaum ausmalen. Sich den strengen Rahmen eines rückständigen Ordens zu wünschen, eines Ordens, der jeden Zweifel, und damit jegliche Aufklärung, von sich weist, übersteigt meine Vorstellungen.«

Andreas nickte.

»Aber nicht wenige halten das mittelalterliche System der Societas Perfecta für das gültige. Für die richtige Kirchenordnung, die wir ins Heute zurückbringen müssten. Dagegen ist nichts einzuwenden. Jeder muss seinen Glauben leben, wie er es für richtig hält, solange er anderen nicht damit schadet. Die Befürchtung, dass zu viel Liberalismus auch verwässern, zu Beliebigkeit und einem Mangel an Demut führen kann, ist meines Erachtens nicht falsch. Aber das Problem liegt, wie immer, in der Frage des rechten Maßes. Wir jedenfalls denken mit dem Papst, dass die heutige Welt die ist, in der wir leben und wirken müssen. Wir wollen nichts zurückholen, sondern wir wollen nehmen, was wir haben. Nicht die Kirche als Selbstzweck, sondern als Mittel zum Zweck, Glauben fühl- und lebbar zu machen. Es ist, wie ich es Ihnen gesagt habe, die Sicht auf die Welt, die ausschlaggebend für die Wahl der Ordenszugehörigkeit ist.«

»Und trotzdem gehören die, die die Reformen des Papstes, die im Grunde also ihre eigene Kirche ablehnen, die fremdenfeindliche, frauenfeindliche und religionsfeindliche Äußerungen von sich geben, immer noch zur katholischen Weltgemeinschaft ...«

Pater Andreas legte den Kopf schräg. Ich konnte nicht ausmachen, was er dachte.

»Sie gehören eingeschränkt dazu«, räumte er ein. »Es ist eine politische Frage, um die sich die Päpste winden. So wie manche Partei mit fragwürdigem Programm in einer freien Demokratie nicht als verfassungsfeindlich verboten wird, gibt es in der katholischen Kirche Gruppierungen, die nicht ganz verboten sind, aber sagen wir: mit eingeschränkten Befugnissen unter Beobachtung stehen. Sie auszuschließen würde die Kirche noch mehr spalten – möglichenfalls etwas, worauf es manche Orden sogar absehen. Tragisch für die gesamte Kirche ist, dass Betrachter von außen die einen und die anderen in einen Topf werfen. Ist eine Gruppierung weltfremd, posaunt sie unsägliche Ansichten heraus, hat in den Ohren der meisten Zuhörer *die katholische Kirche* gesprochen. Hat ein Papst höchst konservative Ansichten über Verhütung, ist es die ganze Kirche, die diese Auffassung hat. Gibt es Hunderte Priester, die Kinder missbraucht haben, ist die gesamte Kirche ein grausamer Moloch. Geht der Papst den Weg, diese Verbrecher in die Verbannung zu schicken statt sie einem weltlichen Gericht zuzuführen – was meines Erachtens die einzig richtige Entscheidung wäre –, ist die gesamte katholische Kirche ein vertuschender, mafiöser Barbarenhaufen. Gut, er ist der Chef. Aber dass weltweit Millionen Priester und Ordensleute viele Dinge anders sehen, fällt unter den Tisch. Unser Marketing ist schlecht. Wir treten in zu vielen Fragen seit Jahrzehnten auf der Stelle, also verlieren wir an Glaubwürdigkeit, während die Radikalen davon profitieren und Menschen an sich binden. Neben anderen füllen sie das Vakuum, das unser Stillstand verursacht.«

»Sie können demnach gut verstehen, dass die meisten Menschen mit Kirche und Glauben nichts mehr anfangen können oder dass sich andere extremen Orden anschließen, die ihnen klare Linien vorgeben.«

Wieder lachte Andreas.

»Ich bin kein Eremit! Was will man mit uns im Mittelfeld? Wir scheinen den meisten wie Verblendete, die an einem Märchenbuch festhalten. Das Fatale ist: Das, was die Menschen suchen, ist das, was Menschen seit jeher suchen. Und alle Religionen – nicht nur die katholische – haben von jeher Antworten anzubieten. Sehen Sie sich in diesem Raum um. Er ist Sinnbild dafür. Wenn Sie so wollen, gehören wir zu den Experten der Sinnsuche. Nur haben wir im Laufe von zweitausend Jahren so viele Fehler gemacht, dass sehr viele Menschen nicht mal mehr auf die Idee kommen, bei uns zu suchen. Abgesehen davon ist die Sinnsuche auch etwas aus der Mode gekommen. Man sucht heute den Sinn nicht mehr unbedingt bei einer übergeordneten Macht, sondern weist sich selbst einen Sinn zu: Mach das Beste aus deinem Leben. Ich bin aber ziemlich sicher, dass es auch wieder andere Phasen geben wird. Mein Stichwort für die Zukunft ist jedenfalls offensive Patchwork-Religiosität. Aber bis ich damit durchkäme, müssten wohl noch tausend Jahre ins Land gehen.«

»Patchwork«, wiederholte ich. »Jeder flickt sich seine Religion und seinen Glauben aus verschiedenen Stoffen zusammen, wie wir es längst haben.«

»Nicht ganz, aber fast«, stimmte er zögerlich zu. »Lassen Sie es mich erklären. Noch vor einer Generation gab es zumindest Bedenken, wenn ein Protestant eine Katholikin heiratete. Heute kräht danach kein

Hahn mehr. Das Gleiche gilt über jegliche Religionsgrenzen hinweg. Muslime heiraten Christen. Christen konvertieren aus Überzeugung, Liebe oder praktischen Gründen zum Judentum. Atheisten heiraten religiös geprägte Partner. Unreligiöse Paare heiraten kirchlich, weil sie doch irgendeinen Segen und nicht nur den Glückwunsch des Standesbeamten möchten. Hinzu kommen alle möglichen spirituellen Elemente aus fernöstlichen Religionen, Esoterik, New Age. Der Mix von Praktiken und Glaubensinhalten ist völlig normal, und Kinder dieser Paare wachsen mit diesem Religionscocktail auf. Sie haben ganz recht: Das haben wir längst. Was wir aber nicht haben, ist der offensive Umgang damit.«

»Ich fürchte, ich verstehe Sie nicht«, gab ich zu.

»Warum sollten wir nicht fördern, dass die Menschen wählen? Warum sollten wir ihnen nicht alle gemeinsam unsere Angebote unterbreiten, nachdem wir doch wissen, dass sie heute viele Optionen vage kennen, die sie früher nicht kannten? Religion ist Freiheit. Wenn wir als Vertreter verschiedenster Religionen zusammenarbeiten, die Wege zu Gott, zum Glauben, zur Spiritualität gemeinsam öffnen, werden die Suchenden, davon bin ich überzeugt, binnen Kurzem den richtigen für sich erkennen. Sie werden, wenn sie es ernst meinen, herausfinden, woran sie glauben können. Daraus ergibt sich von allein, dass sie sich früher oder später für einen Weg entscheiden werden, da sich eben nicht alle Elemente zusammenbasteln lassen, so gut und friedlich diese Elemente trotzdem auch in einer Familie nebeneinanderstehen können. Aber bis dahin? Müsste man das jahrtausendealte Wissen verschiedener Religionen dazu nicht leicht und bekömmlich und ohne Vorurteile gemeinsam vermitteln? Eben nicht ausschließlich, sondern offen? Das Klosterleben beispielsweise ist keine Erfindung des Christentums. Hindus haben sich schon vor viertausend Jahren als Eremiten für den Glauben zusammengetan. Buddhisten in Indien vor zweitausendfünfhundert Jahren. Im Islam gibt es die Sufis. Nur drei Beispiele. Aber gemeinsam ist allen, ihr Leben dem Göttlichen weihen zu wollen. Es ging und geht immer um die Suche. Warum nicht vermitteln, was die einen und die anderen dazu sagen? Patchwork wäre, finde ich zumindest, eine Option. Drastisch formuliert: Stellen Sie sich Gemeinschaftsklöster verschiedener Religionen vor, in denen ich als Gast probeweise morgens Buddhist und abends Christ sein kann. Stellen Sie sich Priester vor, die in Synagogen beten, Rabbiner, die in Moscheen predigen, und Buddhisten, die in Kathedralen von der Erleuchtung sprechen. Niemand nähme dem anderen etwas weg, alle sprächen zu Suchenden, würden von ihrem Glauben erzählen. Es würde niemanden dümmer machen und auch die Frömmigkeit streng Gläubiger nicht verletzen. Es würde nur dazu führen, dass die Menschen sich öffnen und grundsätzlich darüber nachdenken, ob und was sie glauben können und wollen.«

Ich kam aus dem Staunen über diesen undurchsichtigen Pater, dessen Gesichtsflecken während seines Vortrags dunkler geworden waren, nicht heraus. Ein Utopist.

»Klingt ein bisschen nach Flohmarkt«, befand ich. »Und ich muss Ihnen kaum sagen, wie viele Zetermordio und Blasphemie schreien und verbieten würden, dass in ihrer Kirche ein Imam spricht.«

»In einhundert Jahren auch noch? Ich meine, Religion muss in sehr langen Zeiträumen rechnen, nicht nur für den Moment. Für einen evolutionären Wandel ist es längst zu spät. Ein revolutionärer müsste her. Und wir müssten ihn jetzt in die Wege leiten, denn die ewigen Fragen bleiben. Will man in hundert Jahren noch eine kleine Rolle bei ihrer Beantwortung spielen, sollte man sich jetzt auf die Fragenden einstellen. Aber bevor ich mich in Rage rede«, unterbrach sich Pater Andreas, »verraten Sie mir, Herr Roth: Der Bekannte, von dem Sie sprechen, der Mönch geworden ist und dem Sie nicht abnehmen, dass er in den Orden gehört, den er sich ausgesucht hat: Warum haben Sie so große Zweifel an der Ehrlichkeit seiner Entscheidung?«

»Ich weiß es einfach«, antwortete ich. »Er ist in seinem Denken, Reden und Tun das Gegenteil von dem, der sich eine solche Gesellschaft aussucht. Er ist kein Anhänger der Societas Perfecta, wie Sie es genannt haben. Er ist ein Freigeist.«

»Und dieser Mann ist Ihnen so wichtig, dass Sie hierhergekommen sind, um sich ein wenig im Klosterleben umzuschauen.« Es war keine Frage. »Sie wollen ihn verstehen, können aber nicht direkt mit ihm darüber sprechen.«

Ich nickte. »Ich werde mit ihm darüber sprechen, aber bislang weicht er einer Auseinandersetzung aus. Und ja: Ich möchte tatsächlich so viel wie möglich verstehen, bevor es zu diesem Gespräch kommt.«

»Nun«, antwortete Pater Andreas ruhig, »natürlich kann ich Ihnen nicht sagen, ob Ihr Bekannter es aufrichtig mit seinem Orden meint oder nicht. Aber begegnen Sie Ihrem Zweifel doch mit diesem Gedanken: Religionen sind nicht aus einem Guss und waren es nie. Entzieht man eine Religion dem freien Gebrauch, verhakt sie sich in ihrem Machtanspruch und erstarrt, während Zeit und Leben erfordern, dass man sie verändern müsste. Vielleicht sucht Ihr Bekannter im Extrem, was er von seiner Religion behalten und was er verwerfen möchte. Vielleicht braucht er, nach einem ›bewegten Leben‹, wie Sie es ausgedrückt haben, die Ordnung, um aus ihr auszubrechen und für sich etwas Neues entstehen zu lassen. Sicher erscheint mir nur eines: Wenn ein Gläubiger einen solch beschwerlichen Weg auf sich nähme, wenn er über Jahre hinweg in Lüge lebte, andere täuschte und Teil einer Gemeinschaft wäre, die er im Grunde seines Herzens ablehnt, so nur, weil sich in ihm eine höchste Gewissheit bahnbricht.«

5

Es regnet. Schon wieder. Der Himmel von wisperndem Grau, das Venn nassgesogen vor meinem Fenster. Die Eifel schmeckt nach Nebel und Unberechenbarkeit, riecht erdig und wild, klingt nach tropfenden Wörtern und rauschender Einsamkeit. Bei solchem Wetter schnellen Arme aus knorrigen Bäumen, starren Augen aus schwarzen Hügeln, tanzen Hexen am Kranzbach durchs silberne Gras, fällt das Laub des Erdweibchens in den Abendtau und wird zu Gold, steigen Elfen, Geister und Wassermänner aus dem Moor, von denen man sich hier seit Jahrhunderten erzählt. Das Hohe Venn ein Gräberfeld. Kreuze tragen die Geschichten der Verirrten. Von Brautpaaren, die auf dem Weg durchs Moor vom Dunst verschleiert wurden, von Bauern, die der Blitz erschlug, von Förstern, die umgebracht wurden, von jungen US-Soldaten, die in der dunstblauen Stille vom Himmel fielen und starben. Wären sie noch in Mode, das Venn böte Stoff für etliche Heimatfilme. Noch zeigt sich kein Grün auf den bestellten Feldern, die widerborstig, braun und klumpig daliegen. Die ersten Bäume treiben aus in der Vorahnung, dass der Nachtfrost ihnen noch einen Strich durch die Rechnung machen wird. Schwarzbraun, leicht glänzend die Knospen der Eschen, länglich und rot die der Buchen. Nur die Schneeglöckchen, Krokusse und wilden Narzissen wachsen todesmutig. Ich habe mir Gummistiefel für die Spaziergänge mit Edda zugelegt. Mit Fell gefütterte Gummistiefel, die ich hinter der Küchentür abstelle und die bereits nach zwei Tagen Gebrauch aussahen, als sei ich Förster. Ich habe mir in Kalterherberg eine wind- und wasserdichte Wanderjacke mit Kapuze gekauft, die für Spaziergänge durch die Arktis taugen würde, nachdem ich mich im Dezember mit meinem Wollmantel im scharfen Wind verkühlt habe. Und ich habe mir angewöhnt, nach jedem Gang mit Edda einen Tee zuzubereiten. Wenn es draußen sehr kalt ist, also meist, gebe ich einen Schuss Rum hinein. Landleben. Ich lerne es.

Während ich an das Gespräch mit Pater Andreas in Maria Laach zurückdenke, das Jahre zurückzuliegen scheint, obwohl es gerade fünf Monate her ist, wärmt Edda mit ihren fünfunddreißig Kilo meine Füße. Es ist März, Vorfrühling eigentlich. Doch eben habe ich Holz nachgelegt, damit der Kamin das Wohnzimmer im Ruitz ordentlich beheizt. Mein Wohnzimmer. Das ist es. Mir gehört dieser kleine Hof. Ich hätte vorher drauf kommen können, gewiss. Aber wie oft, wie überhaupt in allem, was mit Georg zu tun hat, kam mir die richtige Erklärung nicht in den Sinn. Wie konnte einem

Mönch mit Armutsgelübde ein Hof auf dem Land gehören?, hatte ich überlegt, als ich mit Lena zum ersten Mal hierhergefahren war. Die Antwort lag vor mir, aber ich hatte sie nicht gesehen: Beim Eintritt ins Kloster hatte Georg notariell verfügt, dass der Hof in mein Eigentum übergehe. Das hatte er mich en passant auf dem Universitätsflur wissen lassen, als ich ihn nach meiner Rückkehr aus Maria Laach und dem zauberhaften Restsonntag mit Lena voller guter Vorsätze um den Schlüssel gebeten hatte. Lena, die nicht von London berichten, sondern nur hatte hören wollen, was ich im Kloster erlebt hatte. Ich hatte ihr vom Gespräch mit Pater Andreas, von der Bibliothek und vom Teufelchen erzählt, das mir seitdem mit seiner Schriftrolle im Nacken saß. Ich hatte ihr angekündigt, ich wolle sie mit zum Ruitzhof nehmen und mal wieder schreiben, so formulierte ich, nur so, Fingerübungen.

Als ich Georg über dieses Vorhaben in Kenntnis setzte, zog er sofort seinen Bund aus der Hosentasche, klaubte einen Schlüssel vom Ring und reichte ihn mir mit den Worten: »Endlich! Bitte sehr. Ist sowieso dein Haus, hatte ich dir längst sagen wollen.« Mein Gesichtsausdruck brachte ihn zum Lachen.

»Warum eigentlich findest du ›sehr gut‹, dass ich mehr Gründe nennen kann, den christlichen Glauben eher unwahr als wahr zu nennen?«, fragte ich daraufhin so beiläufig wie möglich, was mich seit unserem Gespräch in Hamburg beschäftigte.

Er lächelte. »Weil du überhaupt Gründe nennen

kannst. Niemand, der bei Verstand ist, kommt an der Frage vorbei. Weil die wichtigsten Religionskritiker die gläubigsten Menschen sind. Und weil Skepsis die beste Voraussetzung ist, um sich wesentlichen Fragen zu nähern.«

Ist es so?, frage ich mich. Immer noch. Ist Skepsis die beste Voraussetzung? Damals in Marokko traf ich auf Taxifahrer, Museumsführer und Hotelportiers, die eine Muezzin-App auf ihre Smartphones geladen hatten. Zu meiner Erheiterung sang und tönte es regelmäßig in ihren Hosentaschen, Sakkos, Gewändern. Der Online-Muezzin erinnerte sie pünktlich ans Gebet, wenn sie außerhalb der Reichweite einer Moschee und ihrer Lautsprecher waren. Sie ließen stehen und liegen, womit sie beschäftigt waren – den Stadtplan, die Teetasse, mich –, und einmal fragte ich Ajwad, den Portier: »*Willst* du jetzt beten?«

»Wenn es dich stört, kann ich es auch heute Abend nachholen. Arbeit gilt als Entschuldigung«, antwortete er.

Natürlich störte es mich nicht. Es wunderte mich nur. Patricia hatte eine Tante, die vor jedem Essen ein Tischgebet sprach und erwartete, dass wir mittaten. Am Rathaus in Bonn sitzt ein Bettler, der tagein, tagaus den Rosenkranz vor sich hin betet. Ein paar Mal habe ich ihn beobachtet. Er versinkt neunundfünfzig Perlen lang im *Gegrüßet seist du, Maria* und *Vaterunser*, er verliert sich, vergisst die Passanten, den Asphalt,

Kälte oder Hitze, sogar seine Schale mit den Münzen in einer einzigen, nicht enden wollenden Meditation. Ich gebe zu: All das macht mich skeptisch. Ritualen unterstelle ich, dazu geschaffen zu sein, das Denken einzudämmen. Gebeten den Impetus, Gemeinschaftsgefühl erzeugen zu wollen. Sie auswendig herzusagen entbindet davon, sich Gedanken zu machen, einen eigenen Text zu finden. Und dann die Gesänge. Die emotionsgeladenen Rattenfänger des Mess-Rituals. Wer singt, hat keine Angst mehr. Man kann nicht singen und sich gleichzeitig fürchten. Singt man, um die Furcht vor Gott oder dem Nichts zu besiegen? All das macht mich skeptisch. Irritiert mich. Ist mir suspekt. Die Selbstauflösung im Ritual. Das unausgesprochene Übereinkommen, an einem Strang zu ziehen. Der Gehorsam den Regeln gegenüber. Jedoch vermag ich nicht zu erkennen, dass diese Skepsis eine gute Voraussetzung darstellen soll, mich dem Wesentlichen zu nähern. Nur eines führt sie mir vor Augen: dass ich keine gute Alternative nennen kann. Es spricht nichts gegen Rituale, die helfen. Rituale halten Menschen zusammen, gönnen ihrem Grübeln eine Pause.

Ich bin müde und überreizt, habe schlecht geschlafen, weil ich all das, was passiert ist und was ich festhalten will, so viel besser hätte machen können und mir, während ich es niederschreibe, auffällt, wie viele Male ich es besser hätte wissen müssen. Konjunktiv. Schreiben erbringt den Nachweis unwiderruflicher Fehler.

Konjunktiv. Ein Offenbarungseid. Die Mutter hätte es vor ihrem Wein am Küchentisch mit schwerem Blick prosaischer ausgedrückt: Nachher ist man immer schlauer. Aber mit ihr habe ich über all das nie gesprochen. Nie sprechen können. Das ist kein Konjunktiv, sondern eine traurige Tatsache: Wir wussten nichts voneinander. Ich kannte sie nicht. Sie wagte sich nicht aus ihrem, ich mich nicht aus meinem Gehege. Die innere Unbeweglichkeit gab uns Sicherheit. Was die physische Statik betrifft, so war sie nicht mir, aber ihr ein ebenso großes Bedürfnis. Spiekeroog. Dort verbrachten wir Jahr für Jahr die Sommerferien, die Mutter ein Graus waren. Aber wie würde es für *die Leute* aussehen, wenn wir die ganze Zeit zu Hause blieben? Wenn wir wochenlang zur Verfügung stünden, die Balkon- und Zimmerpflanzen der Nachbarn zu wässern und ihre Briefkästen zu leeren? Wohl oder übel wurde also auch selbst verreist. Vergeblich trugen Vater und ich den Wunsch an sie heran, mal etwas anderes als das ostfriesische Meer zu sehen, Bedeutenderes als die alte Inselkirche, das alte Inselhaus oder das Inselmuseum zu besichtigen, Aufregenderes zu unternehmen, als im Strandkorb am Meer zu sitzen. Italien. Spanien. Frankreich: Es war uns gleich. Doch das Unbehagen über unsere Gedanken war der Mutter deutlich anzumerken. »Da ist es doch so heiß«, sagte sie. Oder: »Es ist viel teurer, sicher auch sehr voll.« Vater und ich redeten von nicht allzu fernen Ländern, wir sprachen vom Gardasee oder der Bretagne, erzählten von den Reisen anderer, von Empfehlungen, die sie gegeben hatten. Es ging jedes Mal gleich aus: »Fahrt ihr doch, ihr beide.« Worauf wir natürlich die Köpfe schüttelten, Vater nur wenig energischer als ich. Und schon stahl sich Mutter davon. »Seht ihr, auf Spiekeroog haben wir es gut«, beendete sie sodann erleichtert unsere Überlegungen, »das Klima ist ausgezeichnet, der Strand ist herrlich.« Und so war es Jahr um Jahr Spiekeroog. Zwei Wochen im Juli. Dieselbe Wohnung im Sonnenhaus, unweit des Watts, dieselbe Aussicht, dieselben Vermieter, dieselbe Bettwäsche, dieselben neunzehn Quadratkilometer im selben niedersächsischen Wattenmeer. Denn jegliche Frage, jegliche Abweichung von der Routine – vom Ritual – hätte ihr Leben aus dem Tritt gebracht. Kaffee, Zeitung, Mittagessen, Abendessen, Wein. Die Flaschen im Hauswirtschaftsraum hinter den Kartons mit Waschpulver. Die Eukalyptusbonbons in der Schürzentasche. Die Kreuzworträtsel zu später Stunde am Küchentisch. Die Ferien auf Spiekeroog. *Mensch ärgere dich nicht* auf dem Couchtisch. Es hielt uns zusammen. »Du siehst müde aus, am besten gehst du schon mal ins Bett«, bestimmte Vater, wenn sie zu viel getrunken hatte. »War das ein anstrengender Tag!«, entschuldigte sie sich am nächsten Morgen auf sein Geheiß bei mir, »im Moment ist aber auch zu viel los! Ich komme mit der Hausarbeit gar nicht mehr hinterher.« Es hielt uns zusammen.

Am Wochenende nach meinem Klosteraufenthalt fuhr ich nach Ruitzhof. Mit Laptop und Edda. Ohne Lena, die mir, wie ich heute weiß, eine beachtliche Lüge auftischte, als ich sie einlud. Und so saß ich damals allein in der herbstkalten Eifel. Schon wieder. Diesmal nicht in der Vulkaneifel wie fünf Tage zuvor in Maria Laach, sondern in der Nordeifel. Ich ging durch das Haus, das meines war, und machte mich mit ihm vertraut, um festzustellen, dass es mir längst vertraut war, dass es mir ans Herz gewachsen war, auch ohne dass ich es bis zum kleinsten Knarzen bestimmter Holzdielen kannte. Ich streunte herum, kochte Kaffee, den ich nicht trank, bereitete Nudeln statt des Bratens zu, den ich für Lena im Sinn gehabt hatte, Nudeln, die ich nur zur Hälfte aß, ich führte Edda aus, obwohl wir zwei Stunden vorher einen ausgedehnten Spaziergang zum Kreuz im Venn gemacht hatten, näherte mich Georgs Schreibtisch, betrachtete meinen Laptopbildschirm und seine schimmernd weiße Leere, ging ins Obergeschoss und setzte mich auf Georgs Bett, tat nichts, ging wieder runter. Ich hatte grobe Vorstellungen über den Inhalt, mit dem ich die Leere der aufgerufenen Datei füllen wollte. Zuwege brachte ich kein Wort und verfluchte William Faulkner (*Schreiben Sie den ersten Satz so, dass der Leser unbedingt den zweiten lesen will – und dann immer so weiter*), verfluchte überhaupt jeden Autor, den ich je gelesen hatte, was begreiflicherweise nicht wenige sind und die Sache noch trauriger machte.

Schließlich rief ich Patricia an. Ihre Antwort auf meine Frage in diesem Oktobertelefonat war keine oberflächliche gewesen. Mit Erstaunen und Amüsement hatte sie meine Erzählung über den Aufenthalt in Maria Laach angehört.

»Verstehe ich richtig«, wiederholte sie, »dass du drei Tage in einem Kloster zugebracht hast, das nicht Georgs ist, dass du bei Mönchen warst, die einem anderen Orden angehören und weit liberaler sind als Georgs Brüder, nur, um das alles mal zu *erleben*?« Und als ich in ostentativer Übertreibung erwiderte, man müsse seinen Feind kennen, sehr genau kennen, änderte sich ihre Tonlage und sie fragte besorgt: »Welchen Feind, Hora? Wer ist dein Feind?« Da hatte ich sie beschwichtigt und ihr diese Frage gestellt: »Woran glaubst du?« Zuerst hatte sie unwirsch reagiert: »Was soll denn das jetzt? Was soll das werden?« Doch sie hatte sich zu guter Letzt darauf eingelassen. Und mir so ehrlich geantwortet, wie wir, zumindest in meiner Erinnerung, in all den Jahren unserer Ehe kaum miteinander gesprochen haben. »Hora, ich dachte, du wüsstest das«, hatte sie begonnen. »Ich brauche keinen religiösen Glauben. Das liegt bestimmt auch daran, dass ich nicht damit groß geworden bin. Aber auch als junge Erwachsene, als ich mich damit beschäftigt habe, konnte ich Religion nichts abgewinnen. Ich kann dir so wenig wie jeder andere Mensch beantworten, ob es Gott gibt oder nicht gibt, was nach unserem Tod geschieht oder nicht geschieht, aber ich kann sagen, dass es mir unmöglich ist, mir einen Gott vorzustellen. Ich glaube daran, dass wir uns als Menschen in Relation zueinander setzen müssen, dass wir aus unserer Geschichte und der Evolution heraus ein System von Gut und Böse entwickelt haben, das sich bewiesen hat und in dem wir uns immer wieder beweisen müssen. Wenn du so willst, glaube ich an ein Über-Ich, an die Nichtigkeit meines Seins, das ich immer wieder in Bezug auf das große Ganze aller Menschen betrachten muss. Ich muss mir klarmachen, welche Rolle ich vorübergehend auf der Welt spiele und was ich in meiner Zeit, der ich Bedeutung geben will, an Gutem oder Schlechtem zu dieser Welt beitrage. Dafür brauche ich den Glauben an das Richtige, an das Gute, dazu brauche ich Demut vor anderen, nicht aber den Glauben an Gott oder etwas Metaphysisches. Beides, das muss ich zugeben, bereitet mir als Wissenschaftlerin substanziell Schwierigkeiten.«

Das Telefonat ging mir nahe. Zum einen, weil mir die Frage nach dem Glauben durch Patricias und mein Gespräch weit persönlicher erschien, als ich bis dahin angenommen hatte. Zum anderen traf mich die Klarheit und Ruhe ihrer Worte, während ich unaufgeräumt durchs Haus lief, schreiben wollte und nicht wusste, wie anfangen. Ich beschimpfte Edda, die nichts dafür konnte und mich ratlos anblickte. Ich kochte ein weiteres Mal Kaffee, ohne ihn zu trinken, legte Holz im Kamin nach. Und irgendwann, allzu spät, als ich die Zündhölzer im Regal über der Feuerstelle von links nach rechts schob, fiel mein Blick auf die Fotos, die Georg dort aufgestellt hatte. Ich als Kind. Georg mit einem Freund. Das Bild von meiner Mutter und dem dürren Jungen, das dort stand, obwohl Mutter und Onkel nichts mehr miteinander zu tun gehabt hatten. Und so betrachtete ich zum ersten Mal in den Monaten seit Georgs Rückkehr den schmächtigen, merkwürdigen Knaben genau. Es brachte mich dazu, sofort meine Tasche zu packen, das Feuer im Kamin zu löschen, mich ins Auto zu setzen und nach Bonn zu fahren.

Aus zwei Gründen wird mir dieser Freitagabend im Oktober immer in Erinnerung bleiben. Im Ergebnis sorgten beide dafür, dass sich mein Leben veränderte. Es würde jedoch Georg nicht gerecht, begänne ich nicht mit diesem: Ich traf meinen Onkel im Bett an. Mit einer schweren Erkältung lag er unter der ästhetisch besorgniserregenden Bettwäsche von Frau Fischbach, zitterte vor Schüttelfrost und Fieber, während ihn die Hauswirtin mit Aspirin und Ingwertee versorgte. Als ich eintrat, war er zu kraftlos für eine freche Bemerkung, aber seine Augen drückten Unzufriedenheit aus, mich zu sehen. Mich wieder in Bonn zu sehen, heißt das. Er schien zu angegriffen für ein längeres Gespräch, weswegen ich mich, nachdem ich mich nach seinem Befinden erkundigt und gefragt hatte, ob ich etwas für ihn tun könne, auf das Minimum konzentrierte: »Ich war bis vor einer Stunde auf dem Hof, aber ich bin zurückgekommen, um dich etwas zu fragen«, erklärte ich ihm den unerwarteten Besuch.

Georg sah mich ruhig an und nickte.

»Wer«, fragte ich dergestalt ermutigt, »wer ist der Junge neben meiner Mutter auf dem Foto in Ruitzhof?«

Ich vermag nicht zu sagen, welche Reaktion ich erwartet hatte, einen dankbaren Blick jedenfalls nicht, während es ebendas war, womit Georg mich in diesem Moment bedachte.

»Wolfgang«, antwortete er heiser. Nicht aus Ergriffenheit, wie man angesichts der Angelegenheit annehmen könnte, sondern aufgrund seiner Halsschmerzen. »Mein Bruder Wolfgang. Und logischerweise auch der Bruder deiner Mutter.«

Nicht selten kommen umwälzende Geschehnisse drollig unscheinbar daher. Maskiert, entfalten sie ihre Wirkung nur schrittweise. Und erst im Nachhinein, wenn man auf den Beginn der Chose zurückschaut, wird einem bewusst, dass vieles in diesem einen schmalen Moment angelegt war. *Mein Bruder Wolfgang.* Ich reagierte, wie man auf eine die Erwartung übersteigende Information reagiert. Ich blickte den Onkel an, klappte den Mund auf und begann mit »aber«. Georg ließ mich jedoch gar nicht erst zur Frage kommen. Seine erste große Liebe, legte er mir dar, habe in Schottland, in der Kommune von Findhorn, sehr auf Familienaufstellungen gehalten, das sei zu dieser Zeit in Mode gekommen.

»Irgendwann in den Siebzigern«, warf ich ein, und als Georg bestätigend nickte, notierte ich im Geiste, dass er mit dieser Frau in den 1970er Jahren in Schottland gewesen war.

Auf diese Familienaufstellung habe er sich eingelassen, präzisierte er, weil er zu dieser Zeit ohnehin allerlei ausprobiert habe, warum also nicht auch das. Ob man an den Blödsinn glaube oder nicht, habe er sich damals gesagt, könne man anschließend immer noch entscheiden. Bei seiner Aufstellung sei allerdings etwas Seltsames geschehen: Sämtliche Teilnehmer hätten sofort, buchstäblich aus dem Stand heraus, darauf hingewiesen, dass in seiner Familie jemand fehle.

»Zuerst hat mich das amüsiert«, gab Georg zu. »Oh, là, là, ein Familiengeheimnis!, dachte ich, wie belustigend! Doch ein leiser Zweifel blieb, das muss ich zugeben. Als ich das nächste Mal in Hamburg war, fragte ich meine Mutter spaßeshalber: Fehlt eigentlich jemand in unserer Familie? Gibt es in unserer Familie irgendjemanden, den ich nicht kenne?« Georg hielt einen Moment inne. »Glaub mir, Hora, niemand war bestürzter als ich über das, was sie antwortete. Was sie im Übrigen nur tat, da sie annahm, ich hätte es bereits in Erfahrung gebracht.«

Wolfgang.

Er wurde am selben Tag wie Elvis Presley geboren. Am 8. Januar 1935. In Hamburg. Zwei Jahre nach meiner

Mutter Josephine. Zehn vor meinem Onkel Georg. Wolfgang. Das zweite Kind. Die sich erfüllende Hoffnung auf einen Jungen. Den Stammhalter. Da war er. Zufrieden. Heiter. Ein ersehntes Baby. Die ersten unkoordinierten Bewegungen? Die ersten zögerlichen Greifversuche mit der rechten Hand? Jungs, meinten Ärzte und Familie unbefangen, Jungs seien halt langsamer. Niemand äußerte Bedenken. Wolfgang stand spät. Lief nicht richtig ausbalanciert. Reagierte verzögert. Doch niemand, schlichtweg niemand äußerte Bedenken. Er war doch so herzig. Er war so vertrauensselig, liebevoll. Im Alter von zweieinhalb rannte er das erste Mal ungebremst gegen einen Tisch. Man versorgte die Wunde an seiner Stirn, sprach sich Mut zu: Die Entfernung, nun ja, diese Entfernung habe der Kleine wohl nicht richtig einschätzen können. Aber man sollte doch ..., riet der Hausarzt. Am besten ein Spezialist ... Wolfgang wurde in die Universitätsklinik Hamburg-Eppendorf gebracht. Neurologie. Über Tage fixierten ihn die Ärzte an Armen und Beinen. Ein Forschungsobjekt. Man beschloss ein Luftencephalogramm zur Feststellung von Anomalien. Über eine Punktion des Vorderhorns des ersten Ventrikels wurde Hirnflüssigkeit entnommen und statt ihrer Luft in Wolfgangs Gehirn gepumpt. Wochenlang litt das Kind unter heftigen Kopfschmerzen. Es dauerte, bis die Luftansammlung in seinem Gehirn resorbiert war. Das Ergebnis niederschmetternd.

Für Sauerstoffmangel unter der Geburt, habe ich

später nachgelesen, gibt es verschiedene Gründe. Einer ist, dass das Kind von der Plazenta nicht mehr ausreichend versorgt werden kann oder sich diese unbemerkt von der Gebärmutterwand ablöst. Ein anderer, dass das Baby selbst die Sauerstoffzufuhr unterbricht, weil es sich auf die Nabelschnur setzt oder sich diese so um das Kind schlingt, dass die Versorgung gekappt ist. Erleiden Babys nur einen kurzfristigen Sauerstoffmangel, erholen sie sich in aller Regel, es kommt nicht zu Folgeschäden. Hält der Sauerstoffmangel jedoch länger an, bleibt den Geburtshelfern nur ein fürs Kind höchst strapaziöser Versuch, bleibende Schäden seines Gehirns zu vermeiden: Der Körper des Neugeborenen wird drei Tage lang auf 33,5 Grad Celsius runtergekühlt und dann, in kleinen, behutsamen Schritten, wieder erwärmt.

1935 wusste man davon nichts. 1935 hatte man nicht bemerkt, dass die Sauerstoffzufuhr unter der Geburt Wolfgang Eisenharts bei Weitem nicht ausreichend gewesen war. Am 8. Januar 1935 hatte kein Mensch darüber nachgedacht, dass für meinen Onkel nichts je wieder gut werden würde. Sauerstoff. Lebensluft. Das achte Element. Kein anderes ist auf diesem Planeten weiter verbreitet. Durchschnittlich sechzehnmal pro Minute atmet ein Mensch. Ohne Nahrung kann er ungefähr vier Wochen überleben. Ohne Flüssigkeit etwa vier Tage. Ohne Sauerstoff nur vier Minuten.

1935. Die Barbarei hatte gerade erst begonnen. Es war keine Idee der Nationalsozialisten, geistig behinderte oder psychisch kranke Menschen zu töten. Die Lehren von Eugenik und Rassenhygiene stammten aus dem 19. Jahrhundert und dienten der Euthanasie als Basis. Anhänger dieser Lehren wurden unter Hitler und seinen Kohorten salonfähig, sie sahen die »Erbgesundheit ihres Volkes« durch eine zu starke »Vermehrung erblich Minderwertiger« gefährdet, stützten sich auf Wissenschaftler und Politiker aus dem In- und Ausland von Amerika bis Norwegen, die die Sterilisation und Zwangseinweisung Kranker diskutierten. Nicht wenige taten das. Konservative wie Radikale, Liberale, Sozialdemokraten oder Frauenrechtlerinnen. In Deutschland allerdings wurde die Rassenhygiene nach 1933 Staatsräson und Leitwissenschaft der Gesundheitspolitik. Noch vor Beginn der Aktion T4, zu deren Gedenk- und Informationsort in Berlin es, wie ich inzwischen weiß, eine eindrückliche Internetseite gibt, wurde am 18. August 1939, nach der ersten *Gnadentötung* eines behinderten Kindes auf Wunsch der Eltern, die amtliche Meldepflicht für Kinder bis zu drei Jahren eingeführt. Geisteskranke, Mongoloide, Missgebildete, Gelähmte, Wasserkopf- und Mikrozephalie-Fälle, alle, die schwere angeborene Leiden mitbrachten, waren dem »Reichsausschuss zur wissenschaftlichen Erfassung erb- und anlagebedingter schwerer Leiden« zu melden. Diese Erfassungs- und Organisationszentrale saß, angeführt vom leitenden Gutachter Viktor Brack, aufgrund ihrer Wichtigkeit fürs Volk direkt in Hitlers Kanzlei. Man entschied nach Aktenlage, welche Säuglinge und Kinder in die sogenannten Fachabteilungen einzuweisen waren, die in Kliniken oder Heil- und Pflegeanstalten eingerichtet wurden. Eltern sollten von Gesundheitsämtern und Kinderärzten in einer vom Reichsausschuss vorgegebenen Weise von der Notwendigkeit einer Behandlung ihres Kindes überzeugt werden. Manche Eltern nahmen es wörtlich und waren voller Hoffnung, ihrem Kind würde geholfen werden. Andere verstanden sehr wohl, dass eine solche »Behandlung« der Tötung gleichkam. Man hörte ja so dies und das. Von ankommenden Bussen und Rauch aus Schornsteinen. Von Pflegern und Krankenschwestern, die sich über zahlreiche Verlegungen wunderten. Oder im Juli 1940, als Pfarrer Paul Gerhard Braune aus Lobetal der Regierungszentrale eine Denkschrift zukommen ließ: *Im Laufe der letzten Monate ist in verschiedenen Gebieten des Reiches beobachtet worden, dass fortlaufend eine Fülle von Insassen der Heil- und Pflegeanstalten aus ›planwirtschaftlichen Gründen‹ verlegt werden, zum Teil mehrfach verlegt werden, bis nach einigen Wochen die Todesnachricht bei den Angehörigen eintrifft.* Da es sich allerorten um ähnliche Begebnisse handele, könne kein Zweifel daran bestehen, dass koordinierte Maßnahmen ergriffen worden seien, *Tausende von ›lebensunwerten‹ Menschen durch gewisse Maßnahmen aus der Welt zu schaffen.* Die Gestapo nahm Braune monatelang in Schutzhaft. Sein Freund Friedrich von Bodelschwingh boxte ihn wieder heraus. Ja, man hörte so dies und das. Von diesen Lastwagen, in denen Wahnsinnige, Schizophrene, Manisch-Depressive, Epileptiker, Spastiker zur Behandlung gebracht wurden. Von Entwicklungen in der Erforschung und Verhütung von Erbkrankheiten und schwerem Alkoholismus, auf dass sich nichts fortpflanze. Plakate. Bilder von Missgebildeten, Geisteskranken. *60 000 Reichsmark kostet dieser Erbkranke die Volksgemeinschaft auf Lebenszeit*, war auf ihnen zu lesen, *Volksgenosse! Das ist auch Dein Geld!* Und die SS-Zeitung *Das Schwarze Korps* verlautbarte 1937: *Wenn ein Erwachsener geisteskrank wird, hat er bisher wenigstens einen Persönlichkeitswert gehabt. Ihn auszulöschen ist ein schwerer Entschluss, obwohl er für ihn und alle Beteiligten zur Erlösung führt. Ein idiotisch geborenes Kind hat keinen Persönlichkeitswert.*

Wolfgang, der Idiot.

Zu Beginn von T4 war er vier Jahre alt und der Meldepflicht beim Reichsausschuss gerade entronnen. Doch es war nur eine Frage der Zeit. Seine Eltern wussten das. Alle wussten es. Manche Eltern wehrten sich gegen die Einweisung ihrer Kinder. Andere ersuchten behandelnde Ärzte um ihre Tötung. Einige taten – nichts. Wolfgang sprach spät. Er schlief schlecht. Oft war er hyperaktiv. Er liebte seine Schwester Josephine. Fin, nannte er sie. Fin, Arme!, sagte er, und dann schlang er seine kleinen Arme um sie. Fin, heute Montag! Er mochte das Wort. Bei Fin war er sicher und ruhig, sosehr er auch in seiner Welt gefangen blieb.

Stundenlang konnte er auf der Erde sitzen und langsam, bedächtig Zeitungen in kleine Stücke reißen. Stundenlang konnte er Musik hören, nur zu laut durfte sie nicht sein. Stundenlang wollte er die Spülung der Toilette betätigen. Fin! Ziehen!, rief er und zog und zog an der Kette, und das Nass rauschte aus dem Wasserkasten und berauschte ihn. Er staunte, was es alles versenken konnte, in unbekannte Tiefen zog: Lesebrillen, Brot, Steinbauklötze, mit denen er nichts anzufangen wusste, zum Entsetzen der großen Schwester auch Puppenkleidchen und Glitzersteine. Fin! Ziehen! Rechtsseitig eine leicht spastische Lähmung. Kein Balancegefühl. Stunden mit Fin im Park. Tage. Monate. Lernen, über Baumstämme zu balancieren, längere Strecken zu laufen, sich zu orientieren, einen Ball zu werfen. Andere Kinder lachten ihn aus, bewarfen ihn mit Sand und Stöcken. Spaziergänger schüttelten die Köpfe. Fin kaufte beim Bootsmann ein Seil und legte es auf den Küchenboden. Hier üben wir jetzt, Wolfi. Wir gehen übers Seil, schau mal! Fin, ziehen! Seil ziehen! Nein, Wolfi. Das Seil brauchen wir zum Üben! Fin bat den Vater, der eine Kamera besaß, um Fotos, damit sie Wolfi Orientierung bieten konnte: Straße. Haus. Kreuzung. Fin lehrte ihn anhand der Bilder, sein Zuhause zu erkennen. Über die Toilette gebeugt, brachte Fin ihm Farben bei. Farben, die für ihn höhere Mathematik waren. Rote Schnipsel. Blaue Schnipsel. Gelbe Schnipsel. Du darfst ziehen, wenn du die Farbe erkennst. Fin, ziehen! Nein, Wolfi, du musst mir die

Farbe sagen. Fin, ziehen! Und welche Farbe hat Wasser, Wolfi? Ist es durchsichtig? Fin, ziehen! Ist es durchsichtig oder etwa grau? Schwimmen die Schnipsel auf durchsichtigem oder grauem Wasser? Und endlich, an einem Dienstag im Februar 1943: Grau! Fin! Wasser ist grau. Und Rot! Er zeigte auf Fins Schürze. Rot! Fin weinte vor Freude und Glück. Es war der Dienstag, an dem der Kinderarzt Harro Kotenpipel, der für seine Mühewaltung vom Reichsausschuss die übliche Entschädigung dafür erhielt, ihren achtjährigen Bruder Wolfgang in die Kinderfachabteilung der Heil- und Pflegeanstalt Langenhorn einwies. Fin, heute Montag!, verabschiedete Wolfgang sich.

Von den neunundsechzig in Langenhorn aufgenommenen Kindern, auch dies habe ich in der Folge in Erfahrung gebracht, wurden zweiundzwanzig durch das sogenannte Luminal-Schema ermordet: Barbiturat-Überdosierungen, die in Verbindung mit unzureichender Ernährung und gezielter Unterkühlung tödliche Lungenentzündungen provozierten. Fünfzehn wurden in andere Anstalten verlegt, einunddreißig entlassen. Eines wurde von einer dreiundzwanzigjährigen Krankenschwester gerettet. Ein liebenswerter, treuherziger, fröhlicher Junge. Rete!, rief er. Rete, weiß! Deine Schürze! Weiß! Er machte gute Fortschritte, wenn *sie* bei ihm war. Wenn *sie* mit ihm sprach. Rete, ziehen! Ja, dachte Rete, so ein liebenswerter, treuherziger, fröhlicher Junge. Wenn nur die Klospülungen nicht wären! Heute weiß ich: Die Großeltern hätten sich wehren können. Sie hätten sich weigern können, verstohlen oder offen ihre Einwilligung zur Behandlung zu geben. Sie hätten Wolfgang zurück nach Hause holen können. Sie hätten auf seine Entlassung bestehen können. Sie hätten mutig sein können. Sie waren es nicht. Sie haben ihn selbst an dem Tag nicht in die Arme geschlossen, als die junge Rot-Kreuz-Schwester Margarete Werner Anfang März 1944 mit dem Neunjährigen vor ihrer Haustür stand. Nach der Operation Gomorrha im Juli und August 1943, bei der durch amerikanische und britische Flugverbände ein Drittel Hamburgs zerstört worden war, zwischen vierzig- und fünfzigtausend Menschen getötet und weit über einhunderttausend verletzt worden waren, war Wolfgang mit vier weiteren Kindern von Langenhorn in die Anstalt Rothenburgsort verlegt worden. Margarete, die ebenfalls dorthin versetzt worden war, wusste, was es bedeutete. Jeder Tag zählte. Noch war Wolfgang ein beliebtes Studienobjekt für Medizinstudenten und Krankenschwestern. Er machte so schön, was man ihm auftrug. Er war ein so braver Idiot. Aber irgendwann würde man sie auffordern. Die Spritzen. Immer wieder zog sie Spritzen auf. Wolfgang war noch ausgenommen. Die anderen nicht. Nur Wolfgang. Jeden Tag weniger Essen. Sie gab ihm heimlich von ihrem Brot. Abends blieb sie an seinem Bett, bis er eingeschlafen war; er schlief doch so schlecht. Nachts schloss sie das Fenster neben seinem Gitterbett und deckte ihn fester zu. Er war ein so liebenswerter Junge, so besonders.

T4 war aus außen- wie innenpolitischen Gründen im August 1941 offiziell abgebrochen worden, seither tötete man unter der Aktion 14f13 weiter. Solche Namen erfand der SS-Einheitsaktenplan. 14 stand für den Inspekteur der Konzentrationslager. F für Todesfälle. 13 für die Todesart. Beruhigungsmittel. Lungenentzündung. Mangelernährung. Margarete wollte nicht mehr. Die kleinen Seelen! Ihr Verlobter Hannes bildete in Münster beim Ersatzheer aus. Aber es würde nicht mehr lange dauern, fürchtete sie, und er würde selbst an die Front beordert. Die rückte immer näher. Der totale Krieg. Nur in einem anderen als dem Goebbels'schen Sinn. Lückenlos. Überall. Chancenlos. Margarete bat um ihre Versetzung. Jetzt oder nie. Raus. Nicht mehr bei Kindern sein. Sondern bei Hannes. So lange es eben ging. Und bei Frauen und Männern, die durch Bombenangriffe verletzt worden waren, von der Front zurückkehrten, verstanden, was sie tat. Tun musste. Die sogar dankbar für ihre Hilfe wären. Die sie nicht verraten musste. Man gab ihrem Gesuch statt und schickte sie zum Roten Kreuz Richtung Südwest. Margarete hatte sich verdient gemacht. Der Oberarzt steckte ihr das Kriegsverdienstkreuz an, sie packte ihre Sachen. Am letzten Nachmittag nahm Rete Wolfgang mit in den Park zu einem Abschiedsspaziergang. Sie weinte. Rete, ziehen!, rief er und sah sie fröhlich an. Nein, Wolfgang, jetzt nicht, erwiderte sie und versuchte, sich zu verabschieden. Rete, Blume, rot!, rief er, um sie zu trösten. Sie brachte es nicht übers Herz, ihn zurückzulassen. Das Richtige tun, dachte sie, das Richtige tun.

Vom Park aus fuhr sie mit dem Jungen in der Straßenbahn zu seinen Eltern. Nehmen Sie ihn zu sich, bat sie. Aber meine Großmutter schüttelte den Kopf. Bitte, wiederholte Margarete, Sie müssen Ihren Sohn in Sicherheit bringen, er kann bei Ihnen bleiben, Sie müssen es nur sagen. Die Großmutter schüttelte wieder den Kopf. Josephine kam vom Trümmerspielen im Hof. Wolfi! Wolfi! Er bleibt nicht, sagte ihre Mutter. Fin stiegen Tränen in die Augen. Fin, Arme!, rief Wolfi, und Fin weinte, weil er sie nach all der Zeit sofort erkannt hatte. Wir müssen ein Foto machen, bis wir uns wiedersehen, bettelte Fin. Komm, wir machen ein Foto, Wolfi! Sie drückte der Krankenschwester die Kamera des Vaters in die Hand: Bitte machen Sie ein Foto, Wolfi liebt Bilder!

An diesem Tag also. Meine bilderbuchbürgerlichen Großeltern. März 1944. Sie, Berta, mit unwirschem Blick, grauem Haarknoten und sackigem Kleid. Er, Hubertus, mit unleserlicher Miene, spärlichem Haar und Pfeife im Mund, das Hakenkreuz am Revers. Dazu meine elfjährige Mutter mit Schleife im Haar, einem unauffälligen, weißen Kleidchen und staubigen Schuhen, neben ihr der nahezu gleichaltrige, spindeldürre Bruder mit glücklichem, vertrauensseligem Blick aus großen, schwarzen, staunenden Augen. Nehmen Sie ihn mit, forderte die Großmutter Margarete auf, als das Bild gemacht war. Fin umarmte Wolfi. Margarete wollte der Mutter ins Gesicht schlagen. Sie wollte sie anschreien und ihrem Mann die Pfeife aus dem Mund boxen. Doch beide schauten die junge Krankenschwester bloß an, diese dunkelhaarige, schmale Frau mit den hellbraunen Augen, die ihre Eltern nie gekannt hatte, in einem Heim groß geworden war, die man erst auf die Hauswirtschafts-, anschließend auf die Schwesternschule geschickt hatte, weil sie sich nützlich zu machen hatte; der Krieg hatte begonnen. Wolfis Eltern schauten sie nur an und wollten, dass sie verschwand. Margarete tat es. Verschwand und schaffte weg, was sie ihnen zugemutet hatte. Rete, ziehen!, rief Wolfi und lachte verschmitzt. Nein, sagte Margarete kühl. Nicht zu ihm, sondern zu seiner Mutter. Nein Wolfi, jetzt ziehen wir nicht am Klo, jetzt ziehen wir beide in den Krieg.

Als ich den fiebernden, schließlich schlafenden Onkel nach einer Stunde verließ, holte ich Edda aus dem Auto und lief durch die regennassen Straßen von Bonn. Ich wollte nicht nach Hause gehen. Ich wollte nicht zurück zum Ruitzhof. Ich wollte laufen. Dem Schweigen meiner Familie entgehen. Ich erinnerte mich jäh daran, dass ich Fin, wie ich meine Mutter in Gedanken seither nenne, als Kind einmal nach dem Jungen auf dem Bild gefragt hatte. Ein Nachbarsbub, hatte sie geantwortet. Bis heute kann ich mir keinen Reim darauf machen. Sie hatte ihn geliebt, aber sie hatte mir nicht sagen können, nicht sagen wollen, dass er ihr Bruder war. Ich hatte nicht gewusst, dass Fin allein deshalb nur mich hatte haben wollen, weil sie mehr als alles andere fürchtete, ihr zweites Kind könne wie Wolfi sein. Ich hatte keine Ahnung, dass meine Großmutter zwei Abtreibungen hinter sich gebracht hatte, um nie wieder ein behindertes Kind zur Welt zu bringen. Kinder könne sie nicht mehr bekommen, hatte ihr die Engelmacherin – eine zu dieser Zeit beim Bürgertum gut im Geschäft stehende Hamburger Krankenschwester – nach der zweiten Abtreibung versichert: das hätte sich erledigt. Und so hatte die Großmutter Georg schlicht für unmöglich gehalten, bis ein britischer Notarzt, den sie aufgrund einer Fußverletzung aufsuchte, am 6. Mai 1945 feststellte, dass sie im siebten Monat war. Der Hunger. Die Bomben. Berta hatte sich nicht gewundert, dass ihr Körper monatelang verrückt gespielt hatte. An ein Kind hatte sie nicht gedacht. Zu spät, viel zu spät, um etwas dagegen zu unternehmen. Und nun stand es in der Akte. Nicht einmal ein dreckiger Quacksalber wäre zu finden gewesen, der sich der Sache angenommen hätte. Hamburg eine Trümmerwüste aus 40 Millionen Kubikmetern Schutt. Die Briten in der Stadt. Die Familie ausgebombt. Mein Onkel Georg wurde am 4. Juli 1945 bei sengender Sommerhitze im Keller eines zerstörten Hauses geboren. Ein unerwünschtes Kind. Ein Widersacher. Athanasius.

Ziellos lief ich von der Heerstraße Richtung Dorotheenstraße, durch die Wolfstraße zur Paulstraße, über die Breite zur Alexanderstraße. Ich wollte Lena sehen. Einundzwanzig Uhr. Nicht zu spät. Es waren höchstens fünfzehn Minuten zu Fuß. Ich machte kehrt. Wie in der Eifel regnete es fispelnd und scheinheilig, in meinen Wollmantel gehüllt wurde ich so nass, wie man es leise und unmerklich nur im Sprühregen wird. Kölnstraße, vorbei am Physiologischen Institut. Fragen in meinem Kopf, zu denen ich nicht mehr gekommen, weil Georg zu müde gewesen war. Er hatte kaum mehr einen klaren Gedanken fassen können. Theaterstraße Richtung Beethovenhalle. Vermutlich hatte er sich in der Universität angesteckt. Alle Welt war krank. Blieb zu hoffen, dass er einen ruhigen, erholsamen Schlaf fand. Welschnonnenstraße. Trotz seines desolaten Zustands hatte er sich nicht davon abbringen lassen, mir das Gespräch mit seiner Mutter Berta in allen Details zu schildern. Schlicht sei sie gewesen, schlicht und bemüht, immer alles richtig zu machen. Richtig nach den Maßstäben anderer, ohne je selbst darüber nachzudenken, was sie für richtig hielt. Eng sei ihr Horizont gewesen, ausgerichtet allein auf die Machbarkeit oder Unmachbarkeit von Dingen. Fraglos habe sie Regeln akzeptiert, niemals die angezweifelt, die sie aufgestellt hatten. Weder den Großvater noch die Partei, weder die Nachbarn noch die Handlanger des Regimes. Immer hätte ihr Blick allein dem Überleben gegolten, denn zeitlebens sei sie das zwölfjährige Kind geblieben, das gerade noch – ausgehungert, ausgemergelt, lungenkrank – durch den

Steckrübenwinter 1916 gekommen war. Die Abtreibungen eine Notwendigkeit. Undenkbar, das Risiko noch einmal einzugehen. Nicht zu wissen, monatelang nicht zu wissen, ob das Kind gesund oder nicht gesund sein würde. Schwer genug, die Familie durchzubringen. Schlimm genug, ein falsches Kind bekommen zu haben. Irgendwie durchkommen, so habe sie gelebt. Und die Geste des Durchkommenwollens habe auch ihrem Gespräch mit Georg zugrunde gelegen, einem Gespräch, bei dem sich die Großmutter von der einfältigen Seele geredet, was sie über Jahrzehnte für sich behalten hatte. Sie habe keine andere Möglichkeit gesehen. Hubertus habe auch nicht gewollt, dass Wolfgang zurückkommt. Und die anderen hätten Wolfi doch nur wieder abgeholt. Und erst die Nachbarn. Was hätten die wohl gedacht? Gesagt? Was hätten sie getan? Wie hätten sie als Familie weitermachen sollen? Es war doch alles schon schwer genug. Es ging rau zu. Georg müsse verstehen. Es war eine andere Zeit, das musst du verstehen. Georg hatte es nicht verstanden.

»Wir reden morgen weiter«, hatte ich den Onkel bremsen wollen, »das kannst du mir alles morgen oder übermorgen erzählen. Wenn es dir besser geht.«

Doch er hatte den Kopf geschüttelt und weitergesprochen, solange er konnte, als habe er erwartet, dass ich fragte. Als habe er mir die Geschichte nie aufdrängen wollen, aber sorgsam in sich zurechtgelegt für den richtigen Zeitpunkt.

Durch die Hatschiergasse zum Erzbergerufer 13.

Von der gegenüberliegenden Straßenseite aus, vom Ufer des dunklen Rheins aus, sah ich Licht in Lenas Wohnung. Freute mich. An der Haustür traf ich auf einen ihrer Nachbarn, Herrn Kohlhaas, der mich kannte und mit ins Treppenhaus einließ. Ich erwartete, sie mit Brille auf der Nase in gemütlicher Kleidung anzutreffen. In ihrem blauen, samtweichen Hausanzug, in dem sie hinreißend aussieht. Mit cremefarbenen Wollsocken an den Füßen, was ich verführerischer finde als so manches Negligé. Sie habe zu arbeiten am Abend, hatte sie gesagt, tagsüber sei sie im Seminar bei einer längeren Sitzung mit Kollegen. Es ginge um ein neues Buchprojekt, für dessen Vorbereitung sie ihre Bibliothek benötige. Es treffe sich gut, hatte sie hinzugefügt, dass ich ebenfalls in Ruhe arbeiten und schreiben wolle. »Wir sehen uns Montag, Hora«, hatte sie mich verabschiedet und geküsst, »ich freue mich schon jetzt, deine ersten Zeilen zu hören.«

Ich klingelte an ihrer Tür. Ich wollte sie in den Arm nehmen und sagen: Ich hoffe, du hast noch von dem Sauvignon Blanc, den wir neulich getrunken haben, denn weiß Gott: den brauche ich gerade. Ich wollte sie in den Arm nehmen und sagen: Bitte entschuldige, du hast mich nicht erwartet und ich störe, aber ich muss mit dir über Georg sprechen. Ich wollte sie in den Arm nehmen und küssen. Die Tür wurde geöffnet. Darin stand ein Mann in braunen Cordhosen, hellblauem Hemd und Tweed-Blazer, hinter dem ein junges, hochgewachsenes Mädchen auftauchte, ganz Lena, das ihm über die Schulter lugte und fragte: »Wer ist das, Daddy?«, um hierauf nach hinten in den Raum zu rufen: »Mami, komm mal!« Ich sah zwei Koffer im Flur. Ich sah die englische Schuluniform des Mädchens. Ich stotterte: »Verzeihung! Falsche Etage!«, drehte mich um und stieg eilig, nicht zu eilig, um nicht unglaubwürdig zu wirken, die Treppe herab. Meine Schuhe quietschten vor Nässe. Stufe um Stufe, fünf Etagen, auf die Straße. Luft. Vor der Haustür, am dunklen, moosigen Ufersteig, blieb ich stehen und versuchte ruhig weiterzuatmen. Wie gesagt: Manchmal kommen einschneidende Ereignisse drollig unscheinbar daher. Auch freitagabends und ja: eigentlich vorhersehbar.

6

In Träumen tobt sich das Gehirn aus. Das habe ich neulich in einer Zeitung gelesen. Wir haben Flügel, kommen nicht vom Fleck, pokern mit Toten, wohnen im Meer. Die flirrenden Synapsen führten uns nicht unbedingt geheime Wünsche in Verkleidung vor, wie Sigmund Freud meinte, aber eine Funktion hätten sie. Allerdings weiß ich nicht recht, welchem der im Artikel genannten Wissenschaftler ich zuneige. Einer glaubt, das Gehirn spüre im Traum Erinnerungen auf und verkette sie neu, weswegen die Dinge selten zusammenpassten und sonderlich würden. Ein anderer hält Träume für ein Installationsprogramm der genetischen Software, mit dem im Erbgut codierte Überlebenstricks nächtens ins Gedächtnis übertragen würden. Der dritte bezeichnet das träumende Gehirn als Simulationsmaschine, die ihre eigene virtuelle Realität erzeuge, um darin fürs reale Leben außerhalb des Traums zu trainieren. Ich muss mich vermutlich für keine dieser jeweils überzeugend klingenden Theorien entscheiden, denn das Wesentliche habe ich verstanden: Im Traum ist das Denken von Zwängen, Geboten und Verboten befreit. Der dafür zuständige präfrontale Cortex im Gehirn ist im Traumzustand gehemmt, und wenn man mich fragt, ist das ein Geschenk, nur gelegentlich beängstigend, überwiegend amüsant.

Nachdem ich, mit Edda in meiner Wohnung angekommen, drei Gläser Whisky getrunken, viereinhalb Stunden bewegungslos auf dem Sofa zugebracht und Bekanntschaft mit dem Schmerz gemacht hatte, einem demütigenden, wütenden, kummervollen Schmerz, nachdem ich mehrere Theorien entwickelt und verworfen hatte, warum mir das passierte und wofür ich mit diesem Schmerz zu bezahlen hatte, nachdem ich mein Verhalten und meine möglichen Versäumnisse erwogen, meine Menschenkenntnis und Beobachtungsgabe vollends infrage gestellt und schließlich in dunkler Ironie über mich und das Maß des Unglücks zu lachen begonnen hatte – waren es Kilometer oder Zentner? –, schlief ich gegen halb zwei ein und träumte von Fin. Wir liefen durch Paris, warum, weiß der Himmel, wir liefen jedenfalls durch Paris, über die Seine Richtung Centre Pompidou, etwa auf Höhe des Rathauses war Markt, und wir passierten einen Fischstand. Fin rümpfte die Nase und begann, mich zu beschimpfen, wirklich aufs fürchterlichste zu beschimpfen, während hinter uns ein Drehorgelspieler *Auf der Reeperbahn nachts um halb eins* dudelte und ich nicht verstand, was sie gegen mich vorbrachte. Es war, als spräche sie eine unbekannte Sprache, etwas nie Gehörtes. Sie wurde lauter und lauter, bis sie schrie; die Menschen blieben mit ihren Tüten und Körben und Taschen voller Gemüse und Blumen und Brot stehen und starrten uns an, während ich erwartete, dass die tobende Fin auf mich losgehen, mich mit einer Dorade schlagen würde, weil sie anscheinend den Drehorgelspieler, mich, nachgerade alles nicht mehr ertragen konnte; ein Polizist kam auf uns zu, die Handschellen in seiner Rechten bereits geöffnet, er musste sie nur noch um Fins Handgelenk schlingen, sie mitnehmen, diese Irre, die außer sich war durch den Gestank der Fische, die doch nur auf Eis lagen und uns stumpf beäugten. Fin war so hässlich in ihrer Wut, wie ich meine Mutter nie gesehen habe. Während sie schrie, verengten sich ihre Augen zu leeren Schluchten, und ihr Gesicht wurde eine fremde Fratze. Ich ahnte nur, was sie so in Rage versetzte, und zerrte sie weg, und in dem Augenblick, da wir den Fischhändler auf dem Markt außer Riechweite gelassen hatten, legte sich ihr Zorn so schnell, wie er sich erhoben hatte, sie war wie immer, ruhig, apart, klein, liebenswürdig, kontrolliert. Fin, meine Mutter, die immer gern Fisch gegessen und nach alten Familienrezepten exquisit zubereitet hatte. Schweigsam gingen wir weiter. Seite an Seite. Auf einen Clochard zu, der den Pappbecher für die Münzen, die er erbettelte, an eine lange Angel gehängt hatte, die er den Passanten nicht ungefährlich vor die Brust warf. Ich sah es aus einiger Entfernung und zog

Fin auf die andere Straßenseite. Ich befürchtete, andernfalls stünde ihm eine vergleichbare Tirade ins Haus, wie ich sie erlebt hatte. Doch als wir auf der anderen Straßenseite angekommen und wundersamerweise nicht auf der Straße Richtung Centre Pompidou, sondern vor dem Denkmal für die Gefallenen des Ersten Weltkriegs am Trocadéro gelandet waren, stand nicht Fin neben mir, sondern Georg, der betete, während unablässig sein Telefon klingelte und ich versuchte, ihn darauf aufmerksam zu machen. Doch er betete, war nicht abzulenken, und es klingelte und klingelte, während Japaner vor, neben, hinter uns aus Bussen ausgeschüttet wurden, um den Eiffelturm zu knipsen und an den Souvenirständen einen Schlüsselanhänger zu kaufen oder leuchtende Frisbees in der Luft zu bestaunen, sich faktisch aber im Treppenhaus zur Wohnung meiner Eltern drängten, das grau und verstaubt war, muffig roch, nach Alter, nach Tod; und die Japaner fotografierten es und bestellten Crêpes an der Wohnungstür im ersten Stockwerk, und Georg betete, und sein Handy klingelte schrill, und ich wurde wach, halb vier in der Frühe, und realisierte, dass mein Telefon klingelte. Frau Fischbach hatte den Notarzt gerufen.

»Das ist keine Grippe«, verkündete sie, »ich weiß nicht, was es ist, aber es ist keine Grippe.«

Fin war eine ebenso schöne wie leidenswillige Frau. Obwohl es ein Auto gab, das der Vater für den Weg ins

Büro nicht benötigte, überließ sie ihm den Wagen und erledigte alle täglichen Wege zu Fuß oder, ungern, mit Bus und Bahn, als sei es eine Zumutung für die Fahrer öffentlicher Verkehrsmittel, Passagiere zu befördern. Manchmal, wenn ich erst zur zweiten oder dritten Stunde Schule hatte und noch im Bett lag, hörte ich früh die Wohnungstür zufallen, setzte mich in meinem Bett auf, sah aus dem Fenster und beobachtete, wie sie bei Wind und Wetter, mal mit, mal ohne Kopftuch, mit dem leeren, hellgrauen Einkaufsnetz, das wie eine Schlinge um ihr Handgelenk hing, pünktlich um acht Uhr fünfzehn zum Gartentor ging und den Weg zum Supermarkt einschlug. Kam sie schwer bepackt zurück, wobei sie die Einkäufe in beiden Armen hielt und an sich drückte, ließ sie sich nicht beim Einräumen helfen, was ich durchaus anbot, sondern winkte ein ums andere Mal ab, als gehöre es zum Protokoll, bis ich nicht mehr fragte und, als ich älter war, annahm, dass sie mich die Flaschen nicht sehen lassen wollte, die zu jedem Einkauf dazugehörten. Auch sonst wollte sie keine Hilfe. Nicht, dass Vater sich je darum bemüht hätte, aber wir durften nicht auf- oder abdecken, nicht staubsaugen oder spülen (die Spülmaschine belud sie gegen unseren Rat nur selten), wir sollten ihr nicht beim Kochen zur Hand gehen, so körperlich angestrengt sie dabei wirkte, als koste es sie alle Kraft, das Fleisch in der Pfanne zu wenden oder den Salat in der Soße zu schwenken, wir durften nicht einmal den Müll runterbringen, sodass ich mich ungelenk anstellte, als ich mit achtzehn zu Hause auszog und in meiner Wohngemeinschaft erstmals auf die Herausforderung hauswirtschaftlicher Aufgaben traf. Der Haushalt war Mutters Revier und jeder, der ihr zur Hand gegangen wäre, hätte das einzige System durchbrochen, das sie selbst bestimmt hatte und aufrecht hielt. Denn sonst hatte sie nichts. Wenn ich es aus der Entfernung all dieser Jahre betrachte, muss ich feststellen, dass mir das damals nicht klar war. Sie hatte wirklich nichts. Keine besonderen Interessen. Keine besonderen Fähigkeiten. Keine Leidenschaften. Mutter funktionierte ihr Leben hindurch in der Küche, an der Waschmaschine, am Bügelbrett, ohne zu wissen, warum sie das eigentlich tat. Sie stürzte sich in ihre Aufgaben wie eine Ertrinkende, was nur auf den ersten Blick ein fragwürdiges Bild für sie ist, letztlich ist Zynismus nichts anderes, als aus falschen Motiven heraus das Richtige zu sagen. Als sie keine Aufgaben mehr hatte, weil ich längst aus dem Haus und ihr Mann tot war, schälte sich die Leere aus der Betriebsamkeit, durchdringend scharf wie das Innere der Zwiebel. Es gab keine Entschuldigung mehr, jeden Tag einkaufen zu gehen – notwendig war es nie gewesen. Sie allein konnte nicht so viel essen, wie sie hätte kochen mögen. Bis es lohnte, die Waschmaschine laufen zu lassen, konnte eine Woche vergehen, und wenn sie als Arbeitsbeschaffungsmaßnahme ihre Kleidung per Hand im Badezimmerwaschbecken wusch, dauerte es nicht länger als dreißig Minuten, so sorgfältig sie auch die Pullover auf Frotteetücher legte und einrollte, um sie zu wringen. Sie beklagte sich nicht, natürlich nicht, und sie schüttelte den Kopf, wenn ich ihr ein Hobby, eine Beschäftigung nahelegte, genauso wie sie rigoros den Hausnotrufknopf des Pflegedienstes verweigerte, den ich nach meiner zufälligen Entdeckung bestellt hatte, mit welch unzusammenhängenden Buchstabenfolgen sie die leeren Kästchen ihres Kreuzworträtselheftes gefüllt hatte. Sie war keine besonders liebevolle Mutter. Sie war pragmatisch, gleichmütig. War ich krank, hatte ich etwa eine schwere Erkältung wie Georg – daran hielt ich auf dem Weg zu ihm ins Krankenhaus fest –, hatte ich Windpocken oder Keuchhusten, versorgte sie mich mit dem Nötigen, blieb aber nie länger als fünf Minuten an meinem Bett. Sie unterhielt mich nicht, las mir nicht vor, nahm mir nicht meine Erstickungsangst, wenn Hustenanfälle mir die Luft zum Atmen nahmen. Sie rief den Kinderarzt und besorgte eilfertig alle Medikamente, sie kochte Hühnerbrühe und Tee, arrangierte alles auf einem Tablett und brachte es mir, sie bezog mein Bett frisch und beorderte mich derweil auf einen Sessel unter eine Wolldecke. War das erledigt, widmete sie sich sogleich ihren anderen häuslichen Pflichten. Was sie als Liebe empfand, war Fürsorge, nicht Verbundenheit. Wütend oder zutiefst glücklich habe ich sie nie erlebt, und so war ich als Siebzehnjähriger nicht überrascht, als ich Vater eines Mittags zufällig in einem Restaurant entdeckte, wo er die Hand einer blonden Frau hielt. Sie saßen an einem Fenstertisch. Die Frau war formell gekleidet in dunkelblauem Kostüm, ihre Haare waren zu einem Knoten aufgesteckt und ihre Lippen rot geschminkt. Sie sah meinem Vater in die Augen, seine Hand streichelte ihren Handrücken, sie umzärtelte seine Finger. Meine Freunde und ich schwänzten den Unterricht, stromerten durch eine Gegend weitab der Schule, von der Vater sicher nicht angenommen hatte, mich dort anzutreffen. Die Freunde folgten meinem Blick, zoteten voller Häme und Bewunderung, die Sprüche prasselten auf mich nieder: Der Herr Roth, Mannomann, alter Playboy, Hora, schneid dir eine Scheibe ab von deinem Alten, lässt nichts anbrennen, während ich das Gesicht meines Vaters betrachtete, sein vertrautes, gemütliches Gesicht, das jetzt einen fremden Ausdruck trug, das sich unbekümmert den Bewegungen auf der anderen Straßenseite zuwendete, bis es bei mir anhielt – und aus der Fassung geriet. Doch noch bevor er die Hand der Frau losgelassen und seinen Stuhl zurückgeschoben hatte, waren wir verschwunden. Darüber gesprochen haben Vater und ich nie. Ich bin sicher, dass er sich im Verlauf des Tages einen Text zurechtgelegt, eine Erklärung erfunden hatte. Ich aber hatte beschlossen, mich zu verhalten, als wäre nichts geschehen. Und so war und blieb es eine Schimäre. Als hätten wir einander nicht erkannt. Kein Abkommen zwischen uns, nur ein Trugbild, ein Versehen.

Georg war nicht in der Notaufnahme, wo ich zuerst nach ihm suchte, er war auf »die Innere« in der vierten Etage gebracht worden, informierte mich die diensthabende Schwester. Der Oberarzt untersuche ihn noch, es sehe ernst aus.

»Wir vermuten eine Blutvergiftung«, signalisierte sie.

Ich lief den Flur auf und ab, ziemlich oft, bat um ein Aspirin, der Nachtpfleger brachte mir Wasser und gleich einen Kaffee dazu. Die Geräusche auf dem Flur gedämpft. Manchmal leuchtete eine rote Lampe über einer der Türen, hierauf kam der Pfleger an mir vorbei, ging ins entsprechende Zimmer, kam nach kurzer Zeit wieder heraus, um etwas zu holen, mit dem er wieder in dem Raum verschwand, und jedes Mal, auf seinem Hin- und Rückweg, blickte er mich an, zaghaft, aufmunternd, sagte nichts. Was auch? Zum ersten Mal in meinem Erwachsenenleben hatte ich eine kindliche Angst. Vorher hatte es außer Patricia niemanden von Georgs Gewichtsklasse für mich gegeben, niemanden, um den ich eine solche Angst hätte haben wollen, und an Lena wollte ich nicht denken.

Lena und den Vater ihres Kindes, Lena mit ihm beim Essen, Lena in seinem Arm, Lena in seinem Bett. Ein Bild grauenvoller als das andere, malte mein Kopf sie genüsslich aus, mit und ohne Hausanzug, mit und ohne Wollsocken. Ich sah sie mit ihm durchs Badezimmer tanzen, wie sie es in meinem getan hatte, sah sie mit ihm unter der Dusche lachen, sah sie nackt in der Küche Kaffee für ihn kochen; Gefühle eines Heranwachsenden, Liebesverblödung, erstmals gefühlt für meine Englischlehrerin, die mit dem Deutschlehrer verheiratet gewesen war. Wie ein so zauberhaftes Wesen mit einem solchen Esel leben sollte, wollte mir nicht in den Kopf, wo ich mich doch nach ihr verzehrte, ihr zu Füßen lag, sie verstand wie kein anderer und sie mich sicher auch, hätte sie uns nur eine Chance gegeben. Meine Gefühle überstiegen bei Weitem die Schwärmerei eines Jugendlichen, ich liebte diese Frau innig, sie begleitete mich in den Schlaf und war mein erster Gedanke am Morgen, sie beflügelte meine Fantasie und mindestens vierzehn Kurzgeschichten, die ich niemandem zeigte. Meine Liebe währte lange und hörte nicht auf, so aussichtslos mein Verlangen war. Sie quälte mich, stieg morgens mit dem Esel aus dem Auto und mittags wieder mit ihm ein, ging in der Pause mit ihm zur Eisdiele und lächelte ihm über den Schulhof zu. Es gab keine Hoffnung. Frau Beekel lehrte mich früh, in Maßen zu lieben, wollte ich weiter existieren, und das tat ich nun schon viel zu lange und erfolgreich, um jetzt wieder mit der Liebesverblödung anzufangen, jetzt, da ich anderes zu denken, andere Sorgen hatte. »So?«, hatte ich zu Patricia gesagt, als sie mir von Jesper erzählte. »So?«, weil mir nichts anderes einfiel, weil es bedauerlich, aber passiert und ohnehin nicht mehr zu ändern war, fast war ich froh, dass überhaupt etwas bei ihr passiert war, und Patricia tobte, wütete. »Das ist alles?«, schrie sie. »*So*?, mehr hast du dazu nicht zu sagen?« Worauf ich antwortete, dass es doch eine angenehme Antwort für sie sei. Ob sie lieber Theater und Spektakel wolle? Und das war das. Sie packte und ging, es tat mir leid, und es tat auch weh, aber es hatte nichts zu tun mit dem, was mein Magen zu Lena und ihrem Mann sagte.

Es war unerträglich. Ich konnte Schmerz nicht gebrauchen, sowieso, aber jetzt schon gar nicht, die Bilder hatten anzuhalten, ich musste nur den Diaprojektor in meinem Kopf abschalten, damit sie verschwanden, aber Lenas Gesicht blieb, war eine hartnäckig laufende Dokumentation vor meinen Augen, ihr Lachen, ihre Silberaugen, so verliebt, hatte ich gedacht, so glücklich, hatte ich gedacht, aber wieso hätte es auch gut gehen, wieso einfach sein sollen, und nein, ich hatte nicht vor, zu einer Proust'schen Figur zu werden, auf der Suche nach Verlorenem, das ich offensichtlich nicht wirklich gehabt hatte.

Ich lehnte mich gegen die Wand. Atmete. Machte mir Vorwürfe. Es gab Wichtigeres. Wichtigeres! Georg war krank, und doch hatte ich ihn nach dem Foto gefragt, seiner Erzählung nicht Einhalt geboten. Aber, suchte ich mich zu beruhigen, er hatte mühsam und langsam loswerden wollen, wie seine Mutter Bericht erstattet, um Verständnis gebeten und doch keine Reue gezeigt hatte. Unser Gespräch musste ihm den Rest gegeben haben. Ein Gespräch, das wir längst hätten führen können. Ein Gespräch, um das ich längst hätte bitten können, wenn ich das Foto von Anfang an genauer angesehen hätte. *Konjunktiv.* Schon wieder. *Konjunktiv.* Das Damoklesschwert verpasster Möglichkeiten.

Eine Stunde dauerte es, bis der Oberarzt erschien. Es kam mir wie ein ganzer Tag vor, aber so garstig beträgt sich die Zeit nun mal, fliegt in Schönheit, klebt am Drama.

»Guten Morgen«, grüßte er, schüttelte mir die Hand und sprach sogleich weiter. »Es ist, wie wir vermutet hatten, eine Sepsis, also Blutvergiftung.« Er machte eine Pause, nickte bedächtig. »Leider weit fortgeschritten. Ihr Onkel ist schwer – schwer – krank und liegt auf der Intensivstation.«

Ich wusste nichts zu sagen, kämpfte gegen eine spiralförmig aufsteigende Panik.

»Ich will Ihnen erklären, wie es ist«, fuhr der Arzt fort. *Dr. Markus Bodenstedt,* las ich auf seinem Namensschild. »Wir müssen herausfinden, womit genau wir es zu tun haben. Was der Herd der Entzündung ist. Die Symptome und der Blutschnelltest haben uns gezeigt, dass Ihr Onkel einen septischen Schock erlitten hat. Das heißt: Sein Körper kämpft gegen eine Entzündung und vergiftet sich dabei durch verschiedene Reaktionen selbst. Seine Nieren arbeiten nicht mehr. Wir geben ihm Flüssigkeit und ein Breitbandantibiotikum, und wir werden ihn vorübergehend, hoffentlich nur für einige Tage, in einen künstlichen Tiefschlaf versetzen, um seinen Kreislauf, so gut es geht, zu stabilisieren und seinen Organismus weitestmöglich zu entlasten. In der Zwischenzeit müssen wir herausfinden, welcher Erreger für die Sepsis verantwortlich ist.«

Er schaute mich an und machte eine Pause. Vergewisserte sich, dass ich bis hierhin alles verstanden hatte. Ich nickte.

»Das wird eine Zeit dauern«, fuhr Bodenstedt fort.

»Wie lange?«, fragte ich.

»Es kann bis zu drei Tage gehen.«

»Was heißt das für meinen Onkel?«

»Wir müssen hoffen, dass das Breitbandantibiotikum greift. Tut es das nicht, könnten innerhalb der nächsten sechsunddreißig Stunden weitere Organe versagen. Ihr Onkel würde sterben. Die Bakterien sind überall in seinem Blut. Sie müssen sich das so vorstellen: Sie vermehren sich explosionsartig, sein Immunsystem reagiert mit einer Entzündung im ganzen Körper, das Blut gerinnt, und Zellen ohne Sauerstoff sterben ab, Gewebe wird zerstört. Wir müssen die Ursache finden, damit wir ihm genau das richtige Antibiotikum geben können.«

Ich konnte nichts sagen. Bodenstedt legte seine Hand auf meine Schulter.

»Haben Sie Fragen?«

»Die übliche, die Sie mir kaum beantworten werden.«

»Im Moment 60 zu 40, wenn nicht kritischer«, gab der Arzt zurück, und weil das kleine, weiße Gerät in seinem Kittel piepte, fügte er abschließend hinzu: »Können wir etwas für Sie tun? Wollen Sie hierbleiben oder nach Hause gehen?«

»Ich bleibe«, antwortete ich. »Gibt es hier eine Bibel? Mein Onkel ist Priester, ich würde ihm gern daraus vorlesen, falls ich auf die Intensivstation darf.«

Ich will nicht allzu viel berichten, wenngleich mir klar ist, dass jeder, der von gesundheitlichen Problemen erzählt, vergebens verspricht, sich kurz zu halten, so wenig erbaulich Krankheitsgeschichten sind. Georg ließ nichts aus, was man im Verlauf einer Erkrankung wie der seinen mitnehmen kann. Die Momente zu schildern, insbesondere die der ersten beiden Tage, in denen es zu hoffen galt, in denen hektische Betriebsamkeit um sein Bett herrschte und niemand eine Prognose wagte, birgt die Gefahr von Effekthascherei. Meine Einsamkeit zu schildern, insbesondere die der ersten beiden Tage, als draußen noch niemand von seinem Zustand wusste und ich achtundvierzig Stunden neben ihm saß, in maroder Wirrnis zwischen klackenden, klopfenden, klingelnden Geräten, in Wahnbildern einer Familientragödie, die den Onkel um seine Kräfte gebracht hatte, jetzt, da er sie mir weitergetragen hatte, diese Geschichte des Geschehenlassens, der Schuld, noch eine, als kennten wir nicht schon genug andere dieser Art, als seien sie sämtlich nicht stellvertretend erzählt, nur dass uns diese Geschichte am Nacken packte, weil Georg und ich die Handelnden kannten;

also diese Einsamkeit zu schildern, birgt die Gefahr von Pathos. Mein Ringen zu schildern, während ich ihm aus der Bibel vorlas und mich an seine Worte erinnerte, dass die Frage nach dem Glauben in Momenten wie diesem auftaucht, und sei es noch so kurz, also meinen inneren Kampf zu schildern, während dieser achtundvierzig Stunden nicht phrasenhaft irgendwen anzuschreien: Lass ihn nicht sterben, verdammt noch mal, lass ihn nicht sterben!, birgt die Gefahr von Theatralik und entbehrt nicht der Komik angesichts des Personals. Und an letzter Stelle: Meinen Schmerz zu schildern, der dem aufgedunsenen, entstellt und hilflos daliegenden Georg und immer wieder Lena galt, verbietet sich aufgrund beschämenden Selbstmitleids.

Ich traf sie am Montag nach Georgs Einweisung, als ich Frau Günster übermüdet, ungeduscht und unrasiert die Mitteilung machte, dass ich aufgrund seiner Erkrankung verschiedene Seminare und Vorlesungen absagen müsse. Zu meinem Erstaunen heulte die Sekretärin des Rektors umgehend. Meine Worte bereiteten ihr, die sich beim Papst über Georg hatte beschweren wollen, solchen Kummer, dass ich sie kaum zu beruhigen vermochte. Die beiden mussten einen gütlichen Weg zur Klärung ihrer Angelegenheit gefunden haben. Diese Frau hatte meinen Onkel in ihr verstocktes Herz geschlossen. Als ich mich im Raum umsah, um für Frau Günster ein Taschentuch zu suchen, sah ich Lena im Türrahmen. Reglos stand sie da, mit einem Stapel Unterlagen vor der Brust. Sie hatte zugehört, und alles in ihrem Blick zeigte mir, dass sie nicht wusste, dass ich zwei Abende zuvor an ihrer Tür gestanden hatte.

»Soll ich Edda zu mir nehmen?«, fragte sie und legte ihre Hand auf meinen Arm.

Welchen Sinn hätte es ergeben, in diesem Moment davon anzufangen? Welchen Kleinmut hätte die Feststellung bewiesen: Du bist verheiratet? Allemal hätte sie entgegnet: Du auch!, und mir wäre geblieben, Lena über die Vor- und Nachteile des Wissens aufzuklären. Und so umarmte ich sie. Liebesverblödet. Hielt mich einen Augenblick lang an ihr fest, ließ mich trösten und wärmen von ihren Armen. »Es wäre nett von dir«, antwortete ich. »Die Nachbarn kümmern sich gerade um sie, aber das ist keine dauerhafte Lösung.«

Nierenversagen, Dialyse, Herzversagen, Operation zur Erweiterung der Gefäße, Luftröhrenschnitt, Amputation des linken Unterschenkels. Es war, während ich Stunde um Stunde an seinem Bett zubrachte, als würde Georg unablässig die Bestellung fürs nächste Übel aufgeben. Als nach den ersten drei Tagen feststand, dass eine Kriebelmücke Urheberin seines katastrophalen Zustands war, erschien mir das derart absurd, dass ich lachen musste. Immer schon habe ich mich gefragt, welchen Nutzen die nervtötend summenden, grazilen Zweiflügler haben, nie habe ich verstanden, warum es Menschen, die automatisierte

Kniegelenke entwerfen und Raumstationen fürs All konstruieren können, unmöglich ist, Mücken den Garaus zu machen. Ich habe irgendwo gelesen, dass entlang des Oberrheins ein eisgranuliertes Bakterium mit Hubschraubern ausgebracht wird, das zum Absterben von Mückenlarven durch Schädigung des Verdauungstraktes führt. Immerhin. Aber was nutzt das in Bonn? Oder Ruitzhof? Oder wo auch immer der Onkel der Kriebelmücke begegnet war? Beherzt hatte diese eine den herbstlichen Temperaturen getrotzt. Ihr Stich hatte sich unbemerkt entzündet und war, ohne den roten Strich auf der Haut, der, wie ich heute weiß, nicht Zeichen einer Sepsis, sondern einer Lymphangitis ist, erste Ursache seiner Krankheit. Dazu gesellte sich eine Rachenentzündung durch Streptokokken A, was sein Immunsystem vollends überforderte und die Ärzte zwischendurch in schiere Verzweiflung stürzte. Doch während Georgs Krankensalbung, die der Klinikseelsorger im Wirrwarr von Schläuchen und Lärm feierlich zu gestalten suchte, kam der Chefarzt herein und rief: »Heureka!«, um, mit Blick auf den Priester, zu bemerken: »Einpacken! Fehlalarm.«

Zwölf Wochen. Nach vier Wochen in künstlichem Koma verbrachte Georg noch volle zwei Monate im Universitätskrankenhaus und in der Rehaklinik an der Graurheindorfer Straße. Durch den langen Schlaf zunächst verwirrt und kaum fähig zu sprechen, gab er bisweilen unverständliche Laute von sich, rief nur ein paar Mal krächzend Namen aus. Hora! Josephine! Janis! Was eine Frau oder ein Mann sein konnte, ich wusste es nicht und hatte den Namen vorher nie von ihm gehört. Als es ihm besser ging, brachte ich ihm eine Tafel, mittels derer er sich mit mir verständigen konnte. Er schrieb krakelig in riesigen Druckbuchstaben, wollte aber nicht, dass ich ihm half. *Datum?*, war seine erste Frage, und ich teilte ihm mit, dass wir den 23. November schrieben, worauf er auf die Tafel kritzelte: *Clemens?* Ich schaute ihn entgeistert an, brauchte einen Moment, um zu erraten, was er meinte, sah dann online auf meinem Telefon nach. Er hatte recht: Der Namenstag des Heiligen Clemens. Ich nickte, und Georg war froh und erleichtert. Sein Gedächtnis funktionierte, zumindest der Bereich für Daten, die kein Mensch braucht. *Bitte keine Schnabeltassen mehr!*, schrieb er dann, und ich versprach, mich darum zu kümmern. »Wer ist Janis?«, fragte ich. Er schrieb quer über die Tafel: *Niemand aus den 70ern.* Und schmunzelte.

Saß ich nicht an Georgs Bett oder fuhr ihn mit dem Rollstuhl durch den Park, spulte ich meine Vorlesung ab (*The Empire writes back – Postkoloniale Literatur*), korrigierte, das Handy in Sichtweite, Hausarbeiten und fuhr, ab und zu, mit Edda und Lena nach Ruitzhof. Ich hatte dort nichts zu erledigen, was sich nicht telefonisch hätte regeln lassen, aber es zog mich an diesen

Ort, als könnten meine Aufenthalte in seinem Heim zu Georgs Genesung beitragen. Lena und ich gingen spazieren, wir kochten, lasen vor dem Kamin. Wir beobachteten den Winter, der sich dunkel und unausweichlich einstellte, entdeckten Formen und Tierbilder im kahlen Geäst der Bäume, machten Ausflüge nach Monschau, Wanderungen durchs Hohe Venn und liebten uns. Manchmal blieben wir nur ein paar Stunden, manchmal über Nacht.

Georgs Mitbrüder in Reichenstein hatte ich schon telefonisch über seinen Zustand informiert. Zusätzlich stattete ich ihnen nun auch einen Besuch ab, was ich für angemessen und höflich hielt. Ihre Reaktion war merkwürdig gefasst. Sie würden für ihn beten, teilten sie mir mit. Ich solle ihre besten Wünsche mitnehmen. Besuchen wollten sie ihn nicht. Ich klingelte beim Ehepaar Kaulard und ließ sie wissen, wie kritisch sein Zustand war. Hermann-Otto und Christa baten Lena und mich in ihr Haus, boten uns Kaffee an, erkundigten sich bang nach jedem Detail seines Befindens und gaben uns Kuchen für ihn mit.

Lena arbeitete viel, ich saß Stunden an meinem Laptop und suchte Informationen über T4, über Langenhorn, über Sauerstoff und, vergeblich, über Margarete Werner. Während Lena am Schreibtisch saß, lag ich, geplagt von Nacken- und Rückenschmerzen, gegen die keine Salbe und kein Chiropraktiker mehr etwas auszurichten wussten, auf dem Sofa, und oft beobachtete ich sie, ihr konzentriertes Lesen und Schreiben, ihr Profil mit der feinen Nase, ihr ebenmäßiges Gesicht mit dem etwas zu breiten Kinn, das zerzauste Haar. Ich sah zu, wie sie ihre Brille putzte, wie sie aufstand und sich in der Küche ein Glas Wasser holte, auf ihren dicken Socken zurückkam, versunken ihre Notizen durchging. Ich freute mich, wenn sie mir ab und an einen Blick zuwarf, sich zärtlich nach meinem Befinden erkundigte oder vorschlug, dass ich mich zur Entspannung flach auf den Boden legen solle, wo sie mich dankenswerterweise nicht alleine liegen ließ. In nichts sah ich eine Veränderung in ihr. Nichts deutete darauf hin, dass sie sich von uns verabschiedete. Und sosehr ich mich innerlich darauf vorzubereiten suchte, dass sie jeden Moment vor mir stehen und es aussprechen würde – *Ich muss dir etwas sagen, Hora* –, so standhaft sagte ich mir, dass sie bei mir war, trotzdem, dass sie bei mir war und dass es dafür einen Grund geben musste.

Es gibt ein Schweigen, das nicht Verdrängung ist, sondern Kraft. Es ist das Wissen, dass jedes Wort unauslöschliche Folgen haben würde. Dieses Schweigen ist kein bequemes. Es ist weder Aufschub noch Ignoranz oder Kalkül, auch ist es keine teuer erkaufte Galgenfrist. Dieses Schweigen ist das letzte Aufbäumen des Muts. Das tollkühne Ansinnen, den Lauf der Dinge entgegen alle Wahrscheinlichkeiten zu verändern. Es war keine Feigheit. Im Gegenteil. Es kostete mich den letzten Rest Energie, den ich angesichts von Georgs Umständen noch hatte, während es zugleich meine Regsamkeit wachhielt, überhaupt durch diese Tage zu kommen. Manchmal wünschte ich mir, dass Lena sehen konnte, mit welchen Augen ich sie betrachtete. Dass sie sehen würde, was ich sah, wenn ich sie beobachtete, dass sie zu begreifen imstande wäre, was sie mir war, was ich in ihr gefunden hatte, während mir andererseits die Unmaßgeblichkeit dessen bewusst war. Was sie mir war, hatte nichts zu tun mit dem, was ich ihr möglicherweise bedeutete. Oder nicht bedeutete. War Lena wieder ein Wochenende *beruflich* verhindert oder bei *Freunden* in England, nickte ich, ließ es geschehen, mörserte meinen Schmerz, denn Montag – Montag wäre sie wieder da. Noch. Ich ahnte, wollte es aber so lange wie möglich nicht hören, um es zu beeinflussen: Sie würde zurück nach England gehen. Ihre Reisen deuteten darauf hin. Doch sobald ich es in Betracht zog, was unvermeidlich immer wieder geschah, verweigerte sich mein Kopf jedem daraus folgenden Gedanken, mischte sich Trauer in Enttäuschung und Wut, wurde Trauer zur Courage. Es konnte noch anders kommen. Sie nicht zu konfrontieren, sie nicht zu fragen, sie nicht zu bedrängen, sondern ihr die Freiheit zu lassen, zu fahren, zu prüfen, zu überlegen, sich anders zu entscheiden, war meine einzige Chance. Wenn es nicht derart hochtrabend klänge, würde ich schreiben, dass es der größte Beweis meiner Liebe war, zu schweigen und sie gehen zu lassen, aber da es derart schwülstig klingt und noch dazu den Eindruck erweckt, ich hätte mich heldenhaft betragen –

was an den Haaren herbeigezogen ist –, werde ich diese Zeilen wohl später wieder streichen. Denn nie habe ich mich so verloren gefühlt wie in diesem Winter von Georgs Erkrankung, so verlassen und so fieberhaft allein auf meine Hoffnung gestellt. Das Rasen der Gedanken im Teufelskreis hielt nur inne, wenn ich durch die Eifel wanderte. Mit jedem Schritt tauchte ich tiefer ab in den Wald, in die Felder, ins Moor, in Sinneseindrücke, die ich nicht beeinflussen konnte. Zischelnder Wind, raschelndes Gebüsch, tanzender Nieselregen, glucksende Rinnsale: Naturkonzerte, die vom Schnarren meiner Ärmel entlang des Wettermantels begleitet wurden, Stoff auf Stoff, eine kümmerliche Melodie, so monoton wie der Rhythmus meiner Bewegung. Während meiner Wanderungen ließ ich mich zurück, entfernte mich von mir, wurde Teil einer Umgebung, die mir gegenüber gleichgültig war und es zeigte, die außerhalb von mir stand und mich duldete, solange ich nur ging. Einer Umgebung, die alle Gedanken an Menschliches dämpfte und nichts als ihre Macht demonstrierte.

»Langenhorn?«, fragte Lena. »Du sagst, dein Onkel Wolfgang war in Langenhorn?« Tatsächlich war das alles, was sie zur Geschichte meiner Familie wissen wollte, die ich ihr eines Abends in Ruitzhof erzählte. Aufmerksam hatte sie zugehört. Ihre Füße auf meinem Schoß, hatte sie das Feuer im Kamin betrachtet, von Fin und Wolfgang und Georgs Geburt gehört, an ihrem Wein genippt und nichts gefragt außer: »Langenhorn? Du sagst, dein Onkel Wolfgang war in Langenhorn?« An diesem Abend war ich gedanklich zu beschäftigt mit der Bestellung von Georgs Test-Prothesen und der Korrespondenz mit seiner Versicherung für die Rehaklinik, zu abgelenkt von den anstehenden Feiertagen, die Lena und ich getrennt verbringen würden, da sie zu *ihren Eltern* fahren wollte, um zu verstehen, was ihre Frage bedeutete. Lena nahm die Dinge in die Hand.

Johannes 8,31–32. Herrje, die Bibel. Nimmt man sie wörtlich, geht alles daneben. Versteht man sie als philosophische Fabel, windet sich tollkühn das Gehirn. Hört man sie als überliefertes Wort Gottes, bleibt sie mindestens verstörend. Zu gern wüsste ich, was Jesus zum Buch der Bücher, dessen Geschichten und deren Exegese sagen würde. Jesus, über den weiß Gott wie viele Autoren, vier Evangelisten und zwei Briefschreiber zu unterschiedlichen Zeiten siebenundzwanzig Bücher geschrieben haben, das Neue Testament, keiner zu seinen Lebzeiten, alle später, Geschichten oder Geschichte – wer weiß das schon. Ich las dem im Koma liegenden Georg Johannes 8,31–32 vor, die Textstelle, die Pater Andreas uns in Maria Laach vorgetragen hatte. Ich las überhaupt viel in der Bibel in der Zeit seines Klinikaufenthalts und versuchte, mich auf diese Weise des Geplauders zu erwehren, das Ärzte und Pflegepersonal freundlich anboten. Kaum zu schätzen, wie viele Abschiede sie jeden Tag hinter sich brachten. Von Patienten, die starben, und solchen, die wieder nach Hause gingen; von Angehörigen, die sie in extremen Situationen kennenlernten, über lange Zeit täglich sahen und zu guter Letzt zurück in den Alltag entließen. Wo sie, die unablässig mit Krankheit, Tod und Abschied zu tun hatten, ihre Bezugspunkte setzten, ließen sie mich allerdings mit Blick auf das Buch in meinen Händen ungefragt wissen. Erst stießen sie einen Seufzer aus, um bei der Überprüfung von Georgs Beatmungsgerät oder dem Messen seiner Körpertemperatur etwa wie Schwester Ruth zu bekennen: »Früher war der Schöpfer für mich etwas Außenstehendes, etwas Höheres vor oder über mir. Bis ich verstanden habe, dass er in mir ist, dass ich meinen Ehrgeiz, meine Wünsche loslassen muss und sich alles von allein einstellt, in einem tiefen Ur- und Gottvertrauen.« Es gab den muslimischen Chirurgen, der keine Zeit mehr für Religion fand, den Chefarzt der Inneren Abteilung, der sich seinen Glauben trotz des Jobs erhalten hatte, Pfleger Jo, der Georg in seinem Bett bald zu dieser, bald zu jener Untersuchung fuhr und mich wissen ließ: »Meine Eltern waren mal in der Kirche, sind aber ausgetreten«, Schwester Sarah, die in »Gott ja, Kirche nein« kategorisierte, und den Krankenhauspfarrer, einen blassen Mann auf Pastorensohlen, der emsig seine Dienste anbot. Was immer mir auf dem Herzen läge, könnten wir in Ruhe in seinem Büro besprechen. Es sei eher Regel als Ausnahme, dass Angehörige im Angesicht einer bedrohlichen

Krankheit ins Zweifeln gerieten. Frau Günster, die mit Blumen und Gebäck an Georgs Bett eilte, schimpfte: »Da bringt die Kirche mal etwas Gutes hervor, und dann das!«, worauf ich sie mit ihm allein ließ; und Frau Fischbach warf mir und meiner Lektüre einen mitleidigen Blick zu: »Das hilft nun auch nicht.«

Ich las, was andere über den Glauben geschrieben hatten, las Neues und Altes, las es wieder, ließ es wirken, weil jedes Wort zu unterschiedlichen Zeiten anderes im Leser bewirkt. Man deutet um, verwirft oder versteht zum ersten Mal, und während ich das in meinen Kursen und Vorlesungen predige, fühlte ich mich im Krankenhaus wie ein blutiger Anfänger im ersten Semester. Wahrheit, Freiheit, kreisten die Worte des Evangelisten in meinem Kopf. Wahrheit, Freiheit, während wir lügen, sobald wir den Mund aufmachen, lügen, wenn wir schweigen, lügen, weil wir die Fassade aufrecht halten. Fin hatte geschwiegen. Lena schwieg. Ich hielt eine Fassade aufrecht. Georg tat alle drei Dinge zusammen: reden, schweigen, eine Fassade bewahren. Die totale Verlorenheit, der *punctum mathematicum*. Die Endlichkeit des Lebens und die Unendlichkeit des Todes. Das Leben identisch mit der Zeit, die keine Ausdehnung hat, weder Fläche noch Raum noch Wahrheit. Es mag hundert Jahre dauern und ist doch nur dieser kleine Schnittpunkt, der *punctum mathematicum*, wie der Zug im Bahnhof, der nicht mehr steht, aber auch noch nicht fährt. Mathematiker können sich diesem

Moment annähern bis auf soundso viele Stellen hinter dem Komma. Exakt bemessen können sie ihn nicht. Es ist ein unendlicher, seltsamer Punkt, vor dem man resigniert oder für den man Glauben benötigt. Den Glauben an Ewigkeit benötigt, eine Ewigkeit, für die Georg sich nach viel Leben entschieden hatte, so hatte er es mir im Sommer gesagt. Doch welche war das? Gott als unendliches Wesen? Gott, eine Substanz aus unendlich vielen Attributen unendlicher Wesenheit? Gott als unendlicher Wunsch, als unendliche Wahrheit, als ewige Existenz? All diese Umschreibungen, diese großen Worte, kaum verständlich, kaum zugänglich. Also was war Gott, wenn er Ewigkeit bedeutete? Diese Frage beschäftigte mich in den Wochen von Georgs Krankheit, und sie tut es noch, denn es ist wahr, was ich gelesen habe: Es bleibt das tiefste Thema der Menschen, es bleibt ewig. Alles ordnet sich dem inneren Konflikt unter, den der *punctum mathematicum* verursacht, dieser verdammte, beängstigende, unberechenbare Punkt der Unendlichkeit. Alle Antworten erscheinen entweder konstruiert und unverständlich oder allzu flach, als hätten es sich die Gläubigen wie die Ungläubigen zu leicht mit ihnen gemacht, als eröffneten sie sich schließlich selbst, nach langem Hin und Her, erschöpft die Ausflucht im *Ja* oder *Nein,* wissend, dass es damit nicht getan ist, dass ein neues *Wenn* schon in den Startlöchern steht.

Gerade hat es an der Tür geläutet, weswegen ich mein Schreiben unterbrechen musste. Pater Andreas stand dort. Mit einer Flasche Wein, Brot und Schinken in seinem Korb. Rotkäppchen. Er besucht den Onkel, der bis vor einer halben Stunde in seinem Bett lag und fluchte. Er lachte und fluchte. Mit der Prothese kommt er nach wie vor und trotz Rehaklinik nur unzulänglich zurecht. Ein irrwitziges Geschepper im oberen Stock verrät mir zuverlässig, wann Georg im Begriff ist, aufzustehen. Ich rufe: »Brauchst du Hilfe?« Die Antwort ist jedes Mal eine neue Schmähung. Georg findet seine Prothese lächerlich und studiert sie ab und zu andächtig, als sei sie ein unerwartetes Fundstück, von dem man nicht weiß, was es darstellen und wozu es gut sein soll. Sie haben sich in der Klinik kennengelernt, Pater Andreas und Georg, die jetzt, ich kann es vom Schreibtisch aus beobachten, den Feldweg entlanggehen. Andreas stützt meinen Onkel. Nur ein wenig, damit es für die Kühe und Bäume nicht aussieht, als gingen sie Hand in Hand. Wegen der Geschichte mit Johannes 8,31–32 habe ich Pater Andreas im vergangenen Dezember angerufen, unzufrieden mit jeder Erläuterung, die ich bis dahin hatte finden können. Als ich mich vorstellte und umständlich bei ihm in Erinnerung rufen wollte, unterbrach er mich: »Was macht Ihr Bekannter? Der Mönch?«

»Deswegen rufe ich an«, erwiderte ich, was eine Lüge war, aber mir erschien es mit einem Mal sinnvoll, Andreas zu bitten, den Onkel im Krankenhaus zu besuchen statt mir telefonisch das Johannes-Evangelium zu erläutern. Ein solcher Gesprächspartner, dachte ich, als ich den Benediktinermönch wieder hörte, würde Georg zusagen. Er könne meinem Onkel die Kommunion bringen, bat ich ihn, mit dem schwergängigen Klinikpfarrer bräuchte ich ihm nämlich gar nicht erst zu kommen. Zuerst schwieg Pater Andreas. Ich stellte ihn mir vor, wie er an diesem Januartag mit seinem fleckigen Gesicht im Laacher Kloster stand und überlegte. Das Telefon in seiner Rechten, mit der er alles andere als handfest grüßte. Seine penetranten Augen auf irgendeinen Punkt fixiert. Seinen Terminkalender so auswendig im Kopf wie den Bestand der Laacher Bibliothek. Über meine Preisgabe nachdenkend, dass es sich bei *dem Mönch* nicht um einen Bekannten, sondern um meinen Onkel handelte. Er ließ sich Zeit. Ich erwartete eine höfliche Ausflucht, mein Anliegen bedeutete immerhin einigen Aufwand, schon wollte ich mein Verständnis ausdrücken, mich entschuldigen, ihn bedrängt zu haben, als er antwortete: »Ich freue mich über Ihre Einladung und komme gern.«

Als er in der darauffolgenden Woche im Krankenhaus erschien, redeten Andreas und Georg miteinander, als kennten sie einander seit langer Zeit. Es gab kein stockendes Herantasten, kein ungelenkes Abhorchen des anderen. Mir schien es, als hätte ich Pater Andreas während unseres Gesprächs in Maria Laach alle für ihn wesentlichen Informationen über Georg gegeben, während Letzterer sich vertrauensvoll darauf zu verlassen schien, dass ich ihm keinen Trottel ans Bett rufen würde. Wenn ich die beiden Priester heute von hier aus auf dem Feldweg sehe, kommen sie mir wie alte Freunde vor, und ich verstehe jetzt, dass es das einer Fügung Gleichende gibt. Dass man einander spät im Leben begegnet und doch erst genau in diesem Moment begegnen konnte, keinen Tag früher, keinen später, weil man vorher und nachher nicht begriffen hätte, wer vor einem steht.

7

Nicht amtlich, aber praktisch habe ich meinen Hauptwohnsitz in die Eifel verlegt und mir ein Forschungssemester verordnet. Seit Anfang Februar leben Georg und ich unter einem Dach, und hätte mir vor Monaten jemand geweissagt, ich würde bald mit einem Priester auf dem Land leben, hätte ich ihn als Wirrkopf abgetan. Doch als die Ärzte ihn baten, zumindest für einige Wochen noch eine häusliche Pflege in Betracht zu ziehen, war es keine Frage gewesen. Wir haben uns gut miteinander eingerichtet. Georg ruht sich aus. Er kocht und liest, er schläft viel, arbeitet an seinem Computer, und abends spielt er hin und wieder Klavier, vor seiner Rückkehr habe ich es stimmen lassen. Er spielt *It might as well be Spring* oder *59 South, Satin Doll* oder *If I were a Bell*, und ich sitze nicht hinter einem Samtvorhang, sondern mitten auf unserem Sofa, sehe seinen Rücken und weiß, dass seine Augen geschlossen sind, fühle, wie sehr er vermisst hat zu spielen, ahne, für wen er spielt. Vor wenigen Tagen habe ich mich zu ihm auf den Klavierhocker gesetzt, als er *Colours of Mercy* interpretierte, und ich habe hinaus auf die Weide mit Herrn Kaulards Kühen gezeigt. Georg lachte, verstand und spielte es. Spielte den *Cow Cow Boogie*. Dicht aneinandergedrängt schwangen unsere Oberkörper im Takt, ich sang den Text, *the most peculiar cowboy song*, trommelte auf den Schreibtisch, pfiff eine Trompete und machte mit dem Kaminblasebalg den Bass, was jetzt komisch klingt, im Moment selbst aber funktionierte. Es roch nach Holzfeuer, nach Wein, nach Pesto; der Schemel knirschte, das Klavier schepperte, Edda staunte, und alles davon war wunderbar.

Georg lässt mich nicht nur in Ruhe schreiben, er treibt mich vielmehr dazu an, verzieht das Gesicht, wenn ich zu lange mit Edda unterwegs bin oder Zeitung lese. Er ermahnt mich, wenn ich bis neun im Bett liege oder nachmittags die Küche aufräume. Noch im Krankenhaus musste ich ihm versprechen, Wolfgangs Geschichte aufzuschreiben, und ich bestehe auf der Feststellung, dass die Zusage meiner rührseligen Erleichterung über seine Genesung geschuldet war. Schon im Moment, da ich sie gab, wusste ich, dass ich über Wolfgang nur würde schreiben können, indem ich von Georg – von Athanasius – erzähle. Es wäre meinem Onkel gar nicht recht, wüsste er, welchen Raum er in diesen Zeilen einnimmt. Zeilen, die ich allerdings in der ruhigen Gewissheit verfasse, dass nur er sie eines Tages lesen wird. Sie sind für ihn. Niemand sonst braucht diese Geschichte, die in anderen Lesern nur Befürchtungen wecken würde, natürlich den Verdacht einer Absicht, gar einer Mission aufkommen ließe. Wer sich mit dem Glauben beschäftigt, gerät ins Zwielicht, ob er nun dagegen, dafür oder neutral ist: einerlei. Nein, ich erzähle nichts Neues, warte nicht mit frappierenden Erkenntnissen über menschliche Abgründe auf, überrasche nicht mit einem einzigartigen Familiendrama, lüfte schon gar nicht das Geheimnis des Glaubens. Nur so viel habe ich in den letzten Monaten über ihn verstanden: Er beginnt mit Staunen. Wer dessen nicht fähig ist, wird sich dem Glauben – an was oder wen auch immer – nicht nähern können, wird das Gute nicht sehen, das allem Schlechten die Stirn bietet, wird die Schönheit einer ganzen Welt dem Zufall zuschreiben und auch diesen nicht verstehen, wird sich nur immer auf sich selbst beziehen und verlassen müssen. Die letzte Frage, wer ich bin, kann mir niemand beantworten, umso erstaunlicher, dass ich all dies tatsächlich als Ich schreibe. Als wer? Ich bin mir selbst der Fremdeste. Leider kann mir niemand stellvertretend beantworten, wer ich bin. Und leider gelingt es nur bedingt, sich mit den Augen anderer zu betrachten. Wer bin ich?, ist die letzte Wahrheitsfrage, vielleicht die entscheidende Gottesfrage, aber das ist weder neu noch bahnbrechend, beantwortet überhaupt nichts, im Gegenteil, hilft also nicht weiter, nur für mich hat es Bedeutung, denn es hat meine Perspektive verändert, und ob diese Geschichte etwas bedeutet oder nicht, das muss sie nicht beantworten. Ich erzähle sie einfach dem einen, dem sie aus ganz anderen Gründen etwas bedeuten wird, denn Fantasie, hat einer gesagt, der es wissen muss, Fantasie heißt nicht, sich etwas auszudenken, es heißt, sich aus den Dingen etwas zu machen. Und das will ich ihm sagen: dass ich mir aus alldem etwas mache. So sitze ich zufrieden an diesem gewachsten Schreibtisch, unserem Schreibtisch, sehe hinaus aufs Hohe Venn, dieses flüsternde, ernste, schwermütige Land ohne festen Boden, freue mich über die Uni-Pause und löse mein Versprechen ein. Nur für den Onkel, den ich Anfang Februar aus der Rehaklinik abgeholt habe. Lena erwartete uns an diesem Abend mit einem Willkommensmahl, zu dem sie das Dessert und das Ehepaar Kaulard den Rest beigetragen hatte. Petersiliensuppe mit Petersilie aus Frau Kaulards Garten. Wildschwein, das Herr Kaulard geschossen und mit Zwiebeln, Rotwein und Preiselbeeren zubereitet hatte. Ofenkartoffeln, gebacken aus Frau Kaulards Hauskartoffeln, die in ihrem Keller lagern. Und Lenas Schokoladenmousse aus dem Supermarkt.

»Wie ist es mit deiner Prothese?«, fragte sie, als sie die Suppenteller abräumte.

Der Onkel lupfte das Hosenbein.

»Ich fühle mich wie ein Außerirdischer mit Ersatzteil, aber ohne könnte ich kaum mehr die Kommunion austeilen. Nachteil: Ich kann im Sommer nicht spontan in den Klosterweiher springen.«

Ich stellte die Platte mit Braten auf den Tisch, während Lena die Kartoffeln in eine Schüssel gab.

»Wann werdet ihr in Reichenstein einziehen können?«, fragte sie.

»Sicher bald«, blieb Georg vage.

»Warum bist du damals eigentlich in Frankreich eingetreten? Und warum in diesen Orden?« Lena stellte die Sauciere auf den Tisch.

»Das hast du mir auch nie erklärt«, ergänzte ich, dankbar, dass sie die Frage gestellt hatte.

Georg nahm sich ein Stück Fleisch.

»Auf meine Weise habe ich versucht, es dir verständlich zu machen, Hora.«

»Und bist doch jedem weiterführenden Gespräch darüber ausgewichen. Du weißt so gut wie ich, dass *aus guten Gründen* eine läppische Antwort ist«, entgegnete ich.

Er lehnte sich zurück und sah uns beide abwechselnd an.

»Ihr sucht einen spektakulären Grund. Ihr vermutet eine Tragödie, ein Mysterium, eine tiefgreifende Läuterung durch alles, was ich zuvor erlebt habe. Ihr nehmt an, es hatte mit Wolfgang zu tun«, stellte er fest, »ihr denkt an die urkatholischen Bedrohungsszenarien von Schuld, Sühne, Hölle, Satan, an die ganze göttliche Komödie, aber abgesehen davon, dass das alles denkbar schlechte und kaum tragfähige Gründe wären, ist meiner überaus profan. Er hat nichts mit Dramen, Geheimnissen oder den Sünden meiner

Eltern und meiner Schwester zu tun: Es war mein Wunsch.«

Lena schwieg und sah ihn an. Mich machten seine Worte verlegen. Ich betrachtete das Tischtuch, meinen Teller, fragte schließlich: »Die Sünde von Fin?«

»Sie war der Grund für unsere Entzweiung«, antwortete mein Onkel. »In meinen Augen zumindest war es eine Sünde. Ich habe Wolfgang 1982 gefunden, zwei Jahre nach dem Tod unserer Mutter. Ich hatte vor, ihn zu mir zu holen oder wenigstens zu seiner Fin zu bringen, mich kannte er ja nicht. Aber Josephine hätte er wiedererkannt. Ich dachte, wir müssten gutmachen, was geschehen ist mit ihm. Wir müssten ihm eine Familie sein ...«

»Aber meine Mutter war anderer Ansicht«, vervollständigte ich den Satz.

»Sie hielt es für eine spinnerte Idee, wie sie viele meiner Ideen für verrückt hielt. Was ich auch tat, deine Eltern schüttelten meistens den Kopf. Meine war nicht ihre Welt.«

»Also lehnten sie ab.«

»Sie waren schockiert, dass ich überhaupt nach Wolfgang gesucht hatte. Deine Mutter hatte ihn aus ihrem Leben verabschiedet, seitdem er mit der Krankenschwester verschwunden war, sie hatte ihn für tot gehalten. Franz hat nicht einmal von ihm gewusst. Dein ordnungsliebender Vater konnte sich auch nicht entscheiden, worüber er erboster sein sollte: über mich, der ich mit einem solchen Ansinnen sein sortiertes Leben durcheinanderbringen wollte, oder über deine Mutter, die ihm jahrzehntelang einen Bruder verschwiegen hatte. Jedenfalls hielten sie es nach einigem Hin und Her für grundfalsch, Wolfgang aus seiner Umgebung zu zerren, ihm zuzumuten, sich umzugewöhnen oder nach all den Jahren auch nur durch einen Besuch mit der Vergangenheit konfrontiert zu sehen, die er nie würde verstehen können – und vermutlich hatten sie damit sogar recht. Also bat ich sie um Geld für ihn. Ihm stand zumindest ein Teil unseres Erbes zu, das sehr überschaubar, aber doch sein gutes Recht war, fand ich. Und da war dann der Ofen aus. Es gab einen hässlichen Streit.«

»Du hast die Tür zugeknallt und das war's.«

»Ich war wütend, Hora. Ich war außer mir vor Zorn. Der Kern des Bösen ist, sich nicht zu verantworten, das dachte ich und denke es noch. Aber ich habe nicht gesehen, worum es ging: Deine Mutter hatte Angst, sie hatte fürchterliche Angst.«

»Wo hast du Wolfgang gefunden?«

»Er hat ihn hier gefunden«, antwortete Lena anstelle von Georg, »hier in Ruitzhof.«

Ihre Assistentin Gudrun Lange hatte drei Wochen gebraucht, die Informationen zusammenzutragen. Die Akten der Heil- und Pflegeanstalten Langenhorn und Rothenburgsort waren wie alle nationalsozialistischen Verzeichnisse akribisch geführt worden. Die Versetzung von Margarete Werner nach Münster fiel auf denselben Tag wie das Verschwinden des Kindes Wolfgang Eisenhart, der Rest sei ein Kinderspiel gewesen, berichtete Lena, deren Ausführungen Georg um alles ergänzte, was er seit 1982 in Erfahrung gebracht hatte. Ein paar Monate nur hatten Wolfgang und Rete in Münster gelebt, wo sie mithilfe von Hannes Ungewitter ein Zimmer bei netten Menschen gefunden hatten, die Wolfi für Margaretes Bruder hielten und keinen Argwohn über die Richtigkeit der Angelegenheit hegten, da der nationalsozialistische Offizier seine schützende Hand über die beiden hielt. Wenn Margarete arbeitete, kümmerten sich ihre Vermieter gegen einen Obolus um Wolfi, ließen ihn Zeitungen zerreißen, Blumen umtopfen und die Bücher im Regal geraderücken, inzwischen hatte er einen akribischen Ordnungssinn entwickelt. Bereits Anfang September, als die Amerikaner von Belgien aus in Deutschland einzogen, wurde Hannes, wie befürchtet, zur Westfront eingezogen. Er brachte seine Verlobte und Wolfi voller Hoffnung auf das baldige Kriegsende in der Eifel unter. Auf dem Land. Weit weg von den Städten an Rhein und Ruhr. Simmerath. Vielleicht, dachte Margarete, vielleicht würden sie sich sehen können. Einmal. Zweimal. Vielleicht gäbe es freie Tage. Vielleicht wäre bald alles gut. Jeden Tag sprach jemand davon, dass sich die Front in Auflösung befand. Etappeneinheiten, die in der Umgebung Quartier bezogen, brachten Verwundete, bekamen Milchsuppe, zeichneten in ihren Schilderungen ein Bild der Lage.

Margarete arbeitete im Krankenhaus St. Brigida und im Sanitätsbunker 58, dem Verbandsplatz. Sie hörte viel. Hoffte sehr. Am 29. September stieß endlich die 39. Infantry der 9. US-Infanteriedivision zu ihnen vor, aber sie zog sich wieder zurück. Stattdessen besetzte die 272. Volksgrenadierdivision den Ort. Wolfi gut versorgt im Schwesternzimmer wissend, hörte Margarete das Grollen der Front, den Donner der Bomben, das Pfeifen der Granaten, sah gespenstische Lichtkegel, den Qualm über dem Tiefenbachtal und dem nahen Wald. Die einheimischen Kolleginnen hatten ihr von der Gegend erzählt. Bilder gezeigt. Vom Forsthaus. Von Simonskall. Vom Tal der Weißen Wehe. Wie schön es dort war! Dichte Wälder, nackte Hügel, tiefe Taleinschnitte. Und manchmal, wenn Margarete eine Pause machte und draußen vor dem Spital eine Zigarette rauchte, meinte sie, sie müsse nur hinlaufen, es war doch nicht weit, zehn Kilometer, sie könnte das Fahrrad vom Arzt nehmen, zehn Kilometer, hinein in den Wald und rufen: Komm mit! Was soll das alles noch? Komm mit, Schluss jetzt, wir gehen! Und dann weinte sie, so nah war Hannes, so nah war der Krieg, so unfasslich die Absurdität der Situation aller im Niemandsland zwischen den Fronten, zwischen Ende und Anfang, zwischen Feldern voller Hafer, Gerste, Kartoffeln, Heu, Früchten, die niemand einbringen konnte. Ganze Dörfer waren evakuiert, Männer und Jungen an der Front. *Gloom and misery.* Alles dunkel. Alles elend. Die Amerikaner gaben dem einhundertundvierzig

Quadratkilometer großen Plateau nordöstlich der belgisch-deutschen Grenze, diesem Wald von Scheven-hütte bis Simmerath und von Eupen bis Nideggen seinen Namen. Hürtgenwald. Hier blieb der geplante rasche Vorstoß der Alliierten zum Rhein stecken. Panzer und Geländewagen kamen nicht durchs zerklüftete, unwegsame Gelände. Das Wetter rau. Sintflutartig der Regen. Die Temperaturen eisig. Die Amerikaner ohne Erfahrung im Gebirgs- und Kleinkrieg. Mit Gräben, Schützenlöchern, Baumkrepierern, Feldbefestigungen, Minen und Baumschützen verwandelten die Deutschen das Gebiet in eine Festung, sodass der Winter 1944 wider Erwarten die größte Waldschlacht an der Westfront brachte, das längste und grausamste Kriegsmanöver der US-Army, ein Desaster, ein Gemetzel. Allein Allerseelen starben 6184 amerikanische und über 3000 deutsche Soldaten. Darunter Hannes Ungewitter, dessen Tod Margarete nie verwand. Viele Jahre lang sei sie wieder und wieder durch den Hürtgenwald gestreift, wusste Georg, habe manchmal zerschossene Helme, Handgranaten, Uniformknöpfe gefunden und mitgebracht, bis in die Fünfzigerjahre hinein die Arbeiten der Minensprengkommandos verfolgt, Stunden auf einem Baumstumpf sitzen können, ganz starr. Nur selten habe sie von Hannes gesprochen. »Eigentlich habe ich sie nur einmal von ihm sprechen hören«, korrigierte sich Georg, »als sie mir zu verstehen gab, dass sie nie zu heiraten geglaubt hatte.«

Margarete zog im Januar 1945 im Auftrag der Amerikaner ins Kloster Reichenstein, wo sich das Rote Kreuz inzwischen um Evakuierte kümmerte. Im ersten Stock des Priorats wurde Wolfgang und ihr eine Kammer zugewiesen, was ein Luxus gewesen sein muss, denn zu dieser Zeit teilten sich sonst fünfundzwanzig bis dreißig Personen einen Raum. Die Versorgung war abenteuerlich, immerhin aber gab es zu essen: täglich vierzig Liter Milch für die dreihundert Evakuierten aus dem Schleidener Land, dazu in drei Monaten insgesamt drei Kälber, zwei Kühe und neunzig Pfund Gerste für Kaffeeersatz – Lena las die Angaben aus Frau Langes handschriftlichen Notizen vor. Infektionskrankheiten griffen um sich, die hygienischen wie medizinischen Umstände waren katastrophal. Während Margarete wie eine Besessene arbeitete und vor Erschöpfung fast umfiel, ihre Trauer in Geschäftigkeit erstickte, bis sie so müde war, dass sie nichts mehr fühlen konnte, spielte Wolfi auf dem Klostergelände mit anderen Kindern, die nicht wählerisch waren, die ihr Zuhause verloren, weder Spielsachen noch einen geregelten Tagesablauf hatten, die nicht darüber nachdachten, was mit Wolfi anders war. Sie sangen ihm Melodien vor und ließen ihn nachsummen, schnitzten ihm eine Holzpuppe, bauten mit ihm Erdhügel als Kriegswall, spielten Café und ließen ihn Kuchen aus Sand und Blättern anbieten, weil er so gerne anbot. Wenn sie Hüpfekästchen im Hof oder Steinewerfen am Teich spielen wollten, riefen sie nach Wolfi, er durfte nicht fehlen. Wenn einer der Bewohner die Toilette aufsuchen musste, Wolfgang jedoch wieder und wieder zog, gab es weder Geschrei noch Ärger. Man schob ihn aus dem Verschlag und schloss die Tür. Er war halt Wolfi. Er war, wie er war. Es hat mit den Menschen in der Eifel zu tun, diesen Ureinwohnern, und sicher hat es auch mit den Umständen zu tun, einer Welt in Schutt und Asche.

»Hier gegenüber habe ich die beiden gefunden«, Georg zeigte aus dem Fenster, das uns im abendlichen Dunkel spiegelte. »Auf der anderen Straßenseite. Unser Herr Kaulard, Hermann-Otto, ist Margaretes und Hermann-Josefs Sohn.«

»Die Kaulards ...« Ich sah ins schwarze Fenster. »Natürlich! Wie sonst solltest du in dieses Nest gekommen sein.«

»Als ich Margarete gefunden hatte, bin ich unangemeldet hergekommen. Eigentlich wollte ich nur mal gucken. Mich nicht zu erkennen geben. Aber ich fand mich auf dieser einsamen Straße wieder, wo jeder Fremde sofort ins Auge fällt. Hier kommt niemand zufällig hin. Margarete stand am Gartenzaun mit Blumen in der Hand. Eine anmutige, handfeste Frau, damals Anfang sechzig. Dunkle Haare, ein bisschen angegraut; sehr wache, liebe Augen. Wolfgang arbeitete neben ihr im Beet. Ich erkannte ihn sofort. Und interessanterweise war auch Margarete gleich klar, wer *ich* war.« Georg deutete auf seine Augen: »Deswegen. Sie sagte, Wolfgang und ich hätten dieselben Augen.

Margarete kochte mir einen Kaffee, freute sich über meinen Besuch, wir setzten uns auf die Bank vor dem Haus, und sie schilderte mir die Geschichte von Anfang bis Ende: wie sie mit Wolfgang nach Kriegsende in Reichenstein als Wirtschafterin weitergearbeitet hatte, zwei Jahre darauf den Kriegsheimkehrer und Bauernsohn Hermann-Josef Kaulard traf und heiratete, und wie selbstverständlich Wolfgang Teil ihrer Familie geworden sei. Nie habe es Diskussionen gegeben. Wer *Onkel Wolf* schräg angesehen habe, hätte es mit ihren drei Kindern zu tun bekommen.«

Eine Weile schwiegen wir alle, bis Lena fragte: »Warum, denkst du, hat sie das alles für deinen Bruder getan? Ich meine: Sie war damals eine sehr junge Frau, sie hatte Pläne, musste sich selbst irgendwie über Wasser halten ...«

Georg hob beide Arme.

»Sie hat Wolfgang aufrichtig geliebt. Das kann ich mit Sicherheit sagen, weil ich die beiden zusammen erlebt habe. Ausgesprochen hat sie aber weder das noch mögliche andere Gründe, auf die du anspielst. So etwas wäre ihr nie über die Lippen gekommen. Sie machte die Dinge mit sich aus. Die Formulierung, mit der sie einmal auf meinen Dank reagierte, war, dass sie bloß das Richtige habe tun wollen.«

»Und er hatte keinerlei Beeinträchtigungen, brauchte keine Behandlung?«, fragte ich.

»Im Großen und Ganzen nicht«, antwortete Georg. »Manchmal bekam er Anfälle. Margarete nannte es

›Gewitter im Kopf‹. Wolfgang war dann wie von Sinnen, stürzte zu Boden, boxte und trat um sich. Fünf Minuten. Zehn Minuten. Auslöser konnte eine Autofahrt sein: Bilder, die zu schnell an ihm vorbeiglitten. Oder eine Unterhaltungsshow im Fernsehen mit Lichteffekten auf der Bühne. Es gab nur zwei Möglichkeiten, damit umzugehen: Man wartete, bis der Anfall vorüber war, fasste ihn nicht an, ließ ihn sich austoben. Oder man schaffte es gerade noch, ihm sein Beruhigungsmittel zu geben, das ihn allerdings für zwei Tage beeinträchtigte. Es kam nicht oft vor. Ich habe es insgesamt nur dreimal erlebt. Aber wenn man es erlebt hat, vergisst man es nicht. Wolfgang war ein stattlicher Kerl mit viel Kraft. Einem Außenstehenden konnte das Gewitter in seinem Kopf Angst machen«, erinnerte sich Georg, und unweigerlich musste ich an Patricia denken. Gewitter. Ich kann nichts dagegen tun: All diese Begriffe sind mit ihr verwoben, mein tägliches Wetter ist sie.

»Ist er auf eine Schule gegangen?«, wollte ich wissen.

»Das ging nicht. Er arbeitete mit der Familie. Stunden konnte er auf den Feldern verbringen: Ernten, Heu auf die Anhänger hieven, Rasen mähen, Schweine füttern. Alles tat er mit Hingabe, ich habe es selbst oft gesehen. Es dauerte länger, die anderen waren in allem schneller, aber sie ließen ihn machen, gaben ihm Aufgaben. Und was er tat, machte ihm Freude, es ging ihm gut. Den Gemüsegarten drüben, den hat übrigens er Mitte der Achtziger angelegt. Er war sehr stolz auf sein Werk.«

»Und wie bist du an dieses Haus gekommen?«, fragte Lena, die aufstand, um Kaffee für uns zu kochen.

»Nach meinem ersten Besuch bin ich immer wieder hergekommen. Ich wollte Zeit mit Wolfgang verbringen, damals war er bereits siebenundvierzig, und Margarete hatte mir erzählt, dass ihm die meisten Ärzte, die ihn im Laufe ihrer Zeit als Krankenschwester zu Gesicht bekommen hatten, keine zwanzig Lebensjahre gegeben hatten. Er ist glücklicherweise weit darüber hinaus gekommen und trotzdem, mit sechzig, zu früh gestorben. Jedenfalls zeigte mir Hermann-Josef bei meinem zweiten oder dritten Besuch diesen kleinen Hof, der zu seinem gehörte. Er stand leer, war verfallen. Ich habe erst das Haus, dann Hermann-Josef angesehen, wir haben uns die Hände geschüttelt, und es war abgemacht. Er überließ mir das Haus für einen Spottpreis, wir haben Wolfgang erzählt, ich sei der neue Nachbar, und so wirkte für ihn alles ganz richtig und in Ordnung. Nach den ersten, dringlichsten Arbeiten am Haus sind wir hergezogen.«

»Wir?«, fragte ich.

»Janis und ich. Wir haben das Haus mithilfe der Kaulards und Handwerkern aus dem Dorf von oben bis unten restauriert und über die Jahre zu dem gemacht, was es heute ist.«

»Wer, zum Kuckuck, ist Janis?«, wollte Lena wissen.

»Janis war …«, Georg seufzte, als er nach den passenden Worten suchte. »Sie war keine Diskussion, kein Wenn und Aber. Alles, was ich gesucht hatte. Janis und ich haben keinen Tag getrennt voneinander verbracht, und mehr ist dazu nicht zu sagen. 1994 ist sie gestorben.« Er zeigte zur Decke in Richtung Schlafzimmer.

»Wieso?«, fragte Lena bestürzt.

Georg lachte.

»Wieso? Wenn ich das wüsste! Wieso wurde sie krank? Wer hatte diesen Plan und warum? Meine Antwort ist vermutlich nicht deine, Lena.«

»Danach bist du in den Orden eingetreten …«, sagte ich leise, aber wie eine Erklärung fühlte es sich nicht an. Halbgar. Unfertig.

»Zwei Jahre danach. Doch nicht aus Schmerz, Hora. Nicht aus Kummer. Das Ordensleben hat mich immer angezogen, tatsächlich war es immer eine Option, mir fehlte nur lange der Schneid. Janis wusste das.«

»Wolfgang und du«, kam ich noch einmal auf meinen verstorbenen Onkel zurück, »wie war euer Verhältnis?«

Georg sah lange zum Fenster, bevor er antwortete.

»Er war ein großartiger Kerl, von dem man viel lernen konnte.« Georg überlegte, wie er seinen Bruder am besten beschreiben sollte. »Wolfgang hat mich gelehrt, Menschen, und nicht zuletzt mich selbst, anders zu sehen. Er hatte ein gutes Gespür für Menschen. Er wusste, wer es ehrlich mit ihm meinte und wer nicht. Er war oft hier bei uns. Manchmal nur ein paar Minuten, manchmal einen ganzen Nachmittag oder Abend. Ich habe für ihn Klavier gespielt, das hatte er sehr gern. Janis hat mit ihm gekocht – Pizza mochte er besonders. Natürlich musste man gelegentlich auch *nein* zu ihm sagen. Oder *stopp*, wenn er etwa ohne Punkt und Komma die Wochentage aufzählte oder nicht aufhörte, das Wasser in der Küche laufen zu lassen. Dann war er am Boden zerstört und dachte, man sei böse. Das hat er nicht gut vertragen. Er setzte sich hin, sah einen an und fragte so lange: *Wieder gut?*, bis man sich neben ihn setzte und sagte: *Wieder gut*. Man musste es allerdings zwanzigmal wiederholen, vorher war nichts gut.« Georg lachte. »Wir sind viel spazieren gegangen, er wollte immer zur Bahnstrecke und Züge gucken.« Wieder hielt er inne. »Mit Wolfgang durchs Venn zu spazieren war kein Problem. Wir alle hatten ihm erklärt, worauf er achten musste, wo es gefährlich war. Und das hatte er besser verinnerlicht als manch anderer. Wich einer mal vom Weg ab, schrie Wolfgang sofort los: ›Achtung! Achtung!‹ So hatte er es am Bahnsteig gehört und fand es klasse. Also schrie er: ›Achtung! Achtung!‹ Er war rührend um uns alle besorgt. Manchmal hat er mich so fest in die Arme genommen, dass ich dachte, er erdrückt mich. Schorsch, hat er zu mir gesagt, Schorsch, Arme! Und auch, wenn ich kaum Luft bekam: Ich fand es wunderbar. Einen liebevolleren Bruder hätte ich mir nicht wünschen können. In ihm alleine steckte mehr Liebe als im gesamten Rest meiner Familie.«

»Und obwohl er dich gelehrt hat, Menschen anders zu betrachten, hast du dir einen Orden ausgesucht, der nicht immer liebevoll mit Menschen umgeht, sondern sehr strikt, ja, erbarmungslos ... «, Lena stand neben der Kaffeemaschine, ihre Stimme klang fast verzweifelt.

Georg schob ihr seine Kaffeetasse rüber.

»Meine läppische Antwort ...«, er sah mich an, »bleibt wahr für das, was ich damals dachte. Ich hatte gute Gründe. Heute ...« Er zögerte. »Heute sehe ich es anders. Ich nehme an, diesen Satz schulde ich dir schon lange, Hora. Er fällt mir nicht leicht. Und jetzt hätte ich sehr gern einen Cognac statt Kaffee.«

Die guten Gründe standen schlussendlich in kohlschwarzen Kutten mit überheblichen Mienen und offiziellen Schriftstücken telefonisch angemeldet vor unserer Tür. Pater Christoph und Pater Antonius in Begleitung des inzwischen zum Oberen von Kloster Reichenstein ernannten Dom Bruno Hasert. Sie hatten darum gebeten, dass Georg in Kloster Reichenstein vorstellig werde, doch ich hatte sie dazu gedrängt, den Rekonvaleszenten zu Hause aufzusuchen. Sein Gespräch mit ihnen, dem beizuwohnen ich mir bei den Gästen erstritt, erfüllte mich mit Stolz. Ich muss mich bemühen, es sachlich wiederzugeben, denn was sie, in unserem Wohnzimmer auf dem Sofa sitzend, gegen den Onkel vorbrachten und was dieser nicht abzustreiten versuchte, sondern bestätigte, konnte ich kaum glauben – abgesehen davon, dass ich erst nach einer Weile begriff, worum es ging. Wie in einer Gerichtsverhandlung konfrontierte vor allem Pater Antonius Georg mit Begriffen und Zahlen, die er auswendig gelernt haben musste und die ich zunächst in keinen sinnvollen Zusammenhang bringen konnte, während ihr Oberer schweigend im Sessel Georg gegenüber saß, zuhörte und gelegentlich gramerfüllt nickte. 2005 war die erste Jahreszahl, die Antonius meinem Onkel entgegenhielt und die immer wieder auftauchte, dazu sprach er von Freehostern, von den Bahamas, von Metadaten, kostenlosem Webspace, gottlosem Verrat und krimineller Energie. Er sei suspendiert, der Ausschluss aus der Klostergemeinschaft nur noch eine Formsache, schloss er nach zwanzig Minuten und reichte Georg einen dicken Umschlag, worauf mein Onkel entgegnete: »Das kann ich mir vorstellen.« Nun sahen sie mich an, Antonius mit dem schrägen Gesicht und fast kahlen Kopf, ein Ohr etwas höher als das andere, Christoph mit dem frechen, sympathischen Lachen, seinen Kornblumenaugen, und Antonius ließ mich wissen: »Sie brauchen nicht stolz zu sein, Ihrem Onkel geholfen zu haben.«

Mir lag auf der Zunge, dass ich wünschte, ich hätte es getan, dass ich bedauerte, nicht selbst auf eine so schöne Idee gekommen zu sein, aber in diesem Moment erhob sich Dom Bruno Hasert, lang und schlank mit breiten Schultern, tief liegenden, braunen Augen und weichem Mund. Er ging zum Kamin, stützte den rechten Arm auf dessen Sims ab und gestand: »Georg, ich will nicht um den heißen Brei herumreden. Wir haben Kloster Reichenstein gerade erst wiederbesiedelt. Ich muss dir nicht sagen, dass wir viel Arbeit vor uns haben, auch dieser eigentlich urchristliche Teil Deutschlands ist heidnisch geworden. Es gibt Widerstände im Bistum Aachen, das den häretischen Ansichten Roms nachhängt, wir haben die Menschen in der Gegend von uns zu überzeugen. Das Letzte, was wir brauchen, ist ein unangenehmer Medienrummel um deine Aktivitäten und deine ureigenen Probleme mit bestimmten Themen.«

Georg schwieg und sah den Mitbruder nur an.

»Du hast dich in deinem Blog im Internet nicht nur von uns abgewendet, sondern mit deinen Ansichten und Antworten dort gegen unsere Überzeugungen gewendet, obwohl du dich uns in Treue versprochen hattest, Kloster Reichenstein als deutschen Ableger selbst vorgeschlagen hast. Ich kann nur vermuten, dass du hier von Anfang an ganz eigene Pläne verfolgt hast – wie verblendet sie auch gewesen sein mögen.«

»Ich habe nicht euch«, sagte Georg ruhig, »ich habe jemand anderem die Treue versprochen. Und glaub mir, Bruno, genau die habe ich gehalten.«

»Die Offenbarung gibt uns alles vor, was wir brauchen, Georg. Wir haben nur der Wahrheit Gottes zu folgen, es gibt unumstößliche Normen, so groß deine Schwierigkeiten mit Unterordnung auch sind.«

»Und nur darum geht es: um Wahrheit. Um meine Überzeugung, dass die Offenbarung Freiheit und nicht unumstößliche Norm ist. Es hat nichts damit zu tun, dass ich mich nicht unterordnen könnte, so gern du mir ein Autoritätsproblem attestieren möchtest. Es hat nichts mit Eigensinn zu tun, so versucht du möglicherweise bist, mir Eitelkeit zu unterstellen. Niemand weiß besser als du, wie viele Gedanken und wie viele Kämpfe meiner Überzeugung zugrunde liegen. Aber nach jahrelanger Prüfung kann ich nicht mehr um sie herum: Für mich ist Gott so wenig ein Kosmos-Zampano und Ordnungsfetischist, wie wir seine Marionetten sind. Für mich ist die Offenbarung kein unbeweglicher Kanon von Wahrheiten und Verhaltensweisen. Für mich ist sie Freiheit.«

Pater Christoph und Pater Antonius sahen betreten zu Boden, während Hasert den Onkel nicht aus den Augen ließ. »Du warst immer ein Suchender. Immer ein Zweifler. Ein Wackelkandidat. Aber dann, bei deinem Eintritt, hatte ich doch angenommen, dass du deinen Frieden gemacht, dass du den richtigen Weg gefunden hattest. Offenbar habe ich mich geirrt. An dir ist nicht zu rütteln. Da ist kein Ehrgefühl mehr in dir.«

Georg blickte ihn bekümmert an.

»Es ist dir untersagt, über dieses Vorkommnis mit den Medien oder sonst wem zu sprechen«, ordnete der Obere barsch an, wobei er Georg nicht ansah.

»Und wer genau untersagt ihm das?«, schaltete ich mich ein. Ich konnte es kaum mit anhören und fühlte mich meinem Onkel näher als je zuvor. »Eine Ordensgemeinschaft, die keinen kanonischen Status besitzt, die keinen Rückhalt in Rom hat, nur gehalten wird, um die Kirche nicht zu entzweien, die sich gemeinsam mit sämtlichen Altritualisten darauf beruft, als Traditionswächter die wahre Kirche zu verteidigen, während sie nichts tut, als Zwietracht zu säen und mittelalterlichen Kirchenmachtvorstellungen nachzuhängen?«

»Sie sollten nicht von Dingen reden, die Sie nicht verstehen. Es ist leicht, sich der gängigen Phrasen über uns zu bedienen und sich mit unseren Überzeugungen nicht auseinanderzusetzen. Es ist allzu leicht, in die allgemeine Empörung über unsere Standfestigkeit einzustimmen und sie als rückständig zurückzuweisen. Fest steht: Einen anonymen Blog einzurichten ist eine Straftat. Feige noch dazu. Es gibt das juristische Erfordernis eines Impressums«, warf Pater Antonius aufgebracht ein.

»Dann reichen Sie Klage gegen ihn ein«, entgegnete ich.

Die drei Bellaigue-Brüder sahen sich kurz an.

»Ich bedauere aufrichtig, dass es hierhin gekommen ist, Bruno«, sagte Georg.

»So viel Pathos?«, kanzelte ihn der Obere ab.

»Kein Pathos, Bruno. Ich möchte nur nicht mehr vorgeben, über alle Zweifel erhaben zu sein.«

Wir besuchten das Grab von Margaretes Verlobtem Hannes am nächsten Tag. Er wurde auf Höhe 470 beigesetzt, dem *Tor zum Kölner Becken,* einem Stück Land an der Simonskaller Straße, das im Kriegswinter 1944 aufgrund seiner strategischen Bedeutung grimmig umkämpft war und achtundzwanzigmal den Besitzer wechselte. Amerikaner. Deutsche. Amerikaner. Deutsche ... An einer Buchenhecke unweit des Dorfes Vossenack, durch dessen Kirche die Front zeitweise mitten hindurchlief, fünfundzwanzig Kilometer von Kloster Reichenstein und zwanzig vom Ruitzhof entfernt, hatte Julius Erasmus im Sommer 1945 gefunden, was von Hannes Ungewitter übrig geblieben war. Von Hannes und 1568 weiteren deutschen Soldaten. Erasmus fand ihre Leichen in Chausseegräben, vermoosten Mulden, unter zerschossenen Bäumen, in Schuppen. Von Tieren angefressen, vom Wetter entstellt. Verfault, verstümmelt, zerfetzt. Erasmus, im Krieg Pionierhauptmann, konnte nicht mehr schlafen, konnte sowieso nicht mehr schlafen, sah sie immer, sah die Jungen und Alten daliegen und konnte es nicht ertragen. Alles hatte er in der Schlacht um Aachen verloren, nichts schien ihm noch erträglich, nicht die sinnlosen Tode, nicht die verlassenen, vergessenen Körper im Hürtgenwald. Ohne Auftrag, ohne Anstellung und Gehalt barg, identifizierte und begrub er die Soldaten, die zwischen Blindgängern und Minen lagen, schrieb ihre Daten auf, fertigte Holzkreuze, begrub sie am Waldrand, auf dem Gemeindefriedhof, notierte, wen er wo beerdigt hatte. Männer aus dem Dorf halfen ihm, der Gemeindepfarrer, der sein Freund wurde, ebenfalls. Der Platz allerdings reichte nicht aus. Höhe 470 wurde schließlich Friedhof für 2355 Kriegstote, darunter fünfunddreißig Männer des Minenräumkommandos. Nur ein paar Kilometer entfernt wurde eine weitere Kriegsgräberstätte für 2993 Soldaten angelegt, die ich mir ebenfalls angesehen habe. Eine weitläufige Wiese. Im Halbkreis angeordnete Kameradenkreuze, steinerne Doppelkreuze, in die die Namen der Toten gemeißelt wurden, drei pro Kreuz, oft genug ist dreimal untereinander *Unbekannter Soldat*, manchmal sind auch die Namen von Frauen zu lesen.

Georg und ich brachten Hannes Blumen.

»Von Margarete«, sagte er, als er sie ablegte. Wir blickten auf die Steinplatte mit seinem Namen und hingen unseren Gedanken nach. Durch die Hecken und Bäume hörten wir den Verkehr rauschen, sahen hinter dem gewaltigen, schwarzen Basaltkruzifix am Eingang das Tal friedlich daliegen. Kühe. Windräder. Höfe. Das silberglänzende Eingangstor zum Friedhof. Die Erläuterungstafeln. Die Gedenksteine. Die Bruchsteinmauer als Rahmen. Über siebzig Jahre später. Alles lange vorbei. Alles greifbar. Zum zweiten Mal innerhalb weniger Monate standen der Onkel und ich an einem Grab. An diesem aber trauerte ich. Um Fin. Meine Mutter. Fin und ihre Konjunktive. Wenn sie älter gewesen wäre – vielleicht hätte sie sich gegen ihre Eltern aufgelehnt. Wenn sie gewusst hätte, was mit Wolfgang passieren sollte – sicher hätte sie alles versucht. Wenn sie ihrer Mutter nicht ausgesetzt gewesen wäre, deren Abtreibungen und die Geburt des ungewollten, kleinen Bruders nicht miterlebt hätte – vielleicht wäre ihr mehr als Fürsorgepflicht möglich gewesen. Wenn sie geredet hätte. Wenn sie einen anderen Mann geheiratet hätte. Wenn sie mehr Geld gehabt hätte. Wenn. Wenn. Wenn.

Wir blieben lange vor der in den Boden eingelassenen Steinplatte. Unser Atem wolkengrau. Die Luft wie geputzt. Mitte April. Steht man bewegungslos auf diesem Friedhof, lässt den Blick über Gräber und Landschaft ziehen, ist der Krieg noch zu sehen und zu hören. Die Schützengräben, die Betonblöcke des Westwalls, zerschossene Bunker, zerstörte Dörfer, verbrannte Wälder, verfaulte Baumstümpfe, dröhnende Flugzeuge und Panzer, Schüsse, Schreie. Georg lehnte zur besseren Balance an meiner Schulter, einen Stock in seiner behandschuhten Linken, die Wangen kaltrot.

In uno omnia hat er seinen Blog genannt. In Einem ist alles verbunden. Das Motto des Jesuitenpaters und Universalgelehrten Athanasius Kircher: *In uno omnia juncta.* 2006, zwei Jahre nach Margaretes Tod, hatte er diesen Blog aufgelegt und inzwischen 14 371 Abonnenten, darunter die Pressestellen nahezu aller deutschen Bistümer. Die Zweifel hatten ihn langsam gepackt, widerstrebend, denn anfangs, räumte er ein, anfangs sei er Feuer und Flamme für die eiserne Überzeugung seines Klosters gewesen. Ganz oder gar nicht, hatte er gefühlt, und als er es formulierte, dachte ich, dass es sehr nach Georg – nach Athanasius – klang, aber eigentlich klang es nach den meisten Konvertiten und Bekehrten. Zumindest anfangs. Ganz oder gar nicht. Alles in Christus erneuern, diese Devise sei zu seiner geworden und habe *alles* gemeint: sein gesamtes Dasein, das er in Treue zur kirchlichen Überlieferung fortführen wollte. Nicht liberalisiert, nicht erleichtert, nicht mit Schlupflöchern eigener Interpretationsmöglichkeiten, sondern gehorsam, authentisch und mit aller Konsequenz, so habe er es damals gewollt. Nicht kritisch und mit Vorbehalten, wie sie viele katholische Priester, Bischöfe oder Professoren selbst gegen die Überlieferung vorbrachten. Nein. Ganz und gar in dem Glauben, den Generationen von Katholiken vor dem Konzil geprägt hatten. Immer sei der Glaube Teil seiner selbst gewesen, immer habe er eine tragende Rolle in seinem Leben gespielt, nach Janis' Tod jedoch habe er eine neue, größere Dimension erlangt. Dank Bruno Hasert. Die Klarheit, Rigorosität, der Leitplankenweg zum Heil, die strikte Ordnung von dessen Orden habe ihm eingeleuchtet und wohlgetan. Die Ansicht, dass der Liberalismus sich nachteilig auf die Gesellschaft ausgewirkt habe, erschien ihm schlüssig. Dass Sünde eine Beleidigung Gottes sei, fand er nach allem, was er erlebt und getan hatte, zunächst so logisch wie die Überzeugung, dass der Staat religiös nicht neutral sein dürfe. Das Absolute habe ihn überzeugt, sei ihm erleichternd, befreiend erschienen. Lange.

Doch das Unbehagen über die rigiden Äußerungen brach sich irgendwann Bahn, als habe ihn jemand geschüttelt. Die Beklommenheit wuchs und ließ sich allenfalls mühsam verdrängen. Er wollte Veränderungen herbeiführen, doch seine Fragen stießen auf Zurückweisung, seine Zweifel auf Empörung.

Bei Margaretes Beerdigung, die er gemeinsam mit dem Priester von Kalterherberg zelebrierte, einem bodenständigen Dorfpfarrer, der schon alles gesehen hatte und durch nichts aus der Ruhe zu bringen war, wurden sie letzten Endes übermächtig. Freilich waren ihm oft Exemplare vom Schlag des Kalterherberger Priesters begegnet, dieser jedoch habe mit solcher Noblesse, Gelassenheit und Mündigkeit an der Glasur seines Klosters gekratzt, dass es einer Erschütterung gleichgekommen sei. Es sei wichtig, die Menschen während des Gottesdienstes anzusehen, statt ihnen die Rücken zuzuwenden, habe Pfarrer Thelen gesagt, den Menschen anzusehen bedeute, ins Ebenbild Gottes zu schauen. Wie solle man Menschen erreichen, wenn nicht in ihrer Landessprache? Wie ihnen helfen, indem man sie maßregele, diskriminiere, auf eigenen Wahrheiten und Traditionen beharre, statt ihnen zuzuhören und sie leben zu lassen, wie sie leben wollten? Gott lässt über Gute und Böse die Sonne aufgehen, über Gerechte und Ungerechte regnen, habe Thelen ihm aus dem Matthäus-Evangelium mitgegeben und damit nur ausgesprochen, musste Georg sich eingestehen, woran er immer geglaubt hatte: »Gott urteilt, straft, lobt nicht. Menschen tun es, Hora.« Anfangs war sein Blog allein Protest gegen ein vom Verfassungsschutz inzwischen verbotenes Internetportal namens kreuz.net gewesen, eine radikalkatholische Website, der seriöse Medien bei Themen wie Sterbehilfe, Abtreibung, Homosexualität, Judenfeindlichkeit das »Hetzvokabular des Stürmers« nachgesagt hatten. Stetig, kraftvoll, sei die Idee für ein unabhängiges Kloster Reichenstein in ihm gereift, während sein Blog immer mehr Anlaufstelle für Gläubige und Ungläubige mit allerhand relevanten Fragen geworden war, viel zitiert, oft umrätselt, in Abwesenheit und Unkenntnis des Gründers preisgekrönt von einem bekannten Online-Lexikon. Reichenstein hatte sein Kloster werden sollen, eines, in dem Selbstbestimmung und Freiheit für den Weg zur Wahrheit maßgeblich sein sollten und nicht andersherum eine strikte Ordnung der Welt gottgegebene Wahrheit sein sollte, die jeder Entwicklung, Verfügung und Diskussion entzogen wurde. Seine Geldgeber wussten darum. Nun musste er ein anderes finden. Ein Kloster, in dem er nicht mehr als Mönch des Klosters Bellaigue, sondern mit Gleichgesinnten leben wollte. Dass er seine Mitbrüder davon hätte in Kenntnis setzen, dass er ihnen längst hätte sagen müssen, wer hinter *In uno omnia* stand, dass er sie vor die Wahl hätte stellen müssen – und er war sicher gewesen, dass ihm zwei, drei gefolgt wären –, all das hatte Georg gewusst und um Weihnachten herum hinter sich bringen wollen, rechtzeitig vor der Neubesiedlung

Reichensteins. Doch zu diesem Zeitpunkt hatte er im Bett gelegen, und den sagenumwobenen Abend hatten wir ganz nach meinem Geschmack mit seinem Café-Vertrauten Luca und einer aufblasbaren Tanne im Krankenhaus verbracht. Georg hatte eine kleine Messe für die Krankenschwestern und uns improvisiert und aus der Bibel vorgelesen, wir hatten Wein getrunken mit allen, die ins Zimmer oder daran vorbeikamen, Würstchen in Blätterteig, Kartoffelsalat und Käsekuchen gegessen, und Ella Fitzgerald hatte dazu Weihnachtslieder über Schneemänner, Schlitten und Rentiere gesungen.

Georg rückte ein wenig von mir ab, bedeutete mir, dass wir den Friedhof verlassen konnten.

»Falls du es auswendig weißt«, fragte ich, als wir uns zum Gehen wandten. Ich blieb eng an seiner Seite, er war noch nicht sicher auf den Beinen. »Hat dich mal jemand nach einer Erläuterung zu Johannes 8, 31–32 gefragt?«

Er stützte sich auf seinen Stock und sah mich an.

»Du fragst, weil diese Zeilen aus dem Evangelium über meinem Blog stehen. Wenn ihr in meinem Wort bleibt, seid ihr wahrhaft meine Jünger. Dann werdet ihr die Wahrheit erkennen und die Wahrheit wird euch befreien«, zitierte Georg.

Ich war zu verblüfft, um zu antworten. Über seinem Blog.

»Bruno Hasert und du ... Ihr wart enge Freunde, nicht wahr?«

»Das waren wir.« Georg sah zu Boden. »Wir waren Brüder.« Langsam gingen wir los. »Willst du wirklich meine Meinung zum Johannes-Evangelium hören?«, kam er auf meine erste Frage zurück. »Das bedeutet dünnes Eis für mich! Nachher wirst du mir an den Kopf werfen, ich hätte gepredigt.«

»Oh, sei ruhig mal pastoral. Ausnahmsweise. Ist dein Job.«

Er lachte.

»Schön, du willst es nicht anders ...« Georg blieb wieder stehen, sah über die Hecke ins Tal, überlegte. Nach einer Weile sprach er weiter. »Für mich ist Christus der Logos – und zwar im ganzen weiten Bedeutungsspielraum des Wortes. Für mich ist er das Wort und die Wahrheit Gottes. Aber wie offenbart er sich? Als was? Nicht als machtvoller Dirigent, als unerbittlicher Bestimmer, der übers Wasser läuft und Brot wirft, wie du es ausgedrückt hast. Er tut es als leidender Christus.« Er hielt inne. »Wenn du glauben kannst, dass sich in Jesus am Kreuz Gott zeigt, dass es Gott selbst ist, dann siehst du darin keinen rein geistigen, auf eine starre Ordnung gerichteten, der Geschichte enthobenen und den Menschen apathisch gegenüberstehenden Gott. Sondern du siehst einen, der seine Pläne ändert und sich auf die Endlichkeit des Menschen einlässt. Er teilt dessen Schicksal. Er stirbt. Stirbt, wie alle um uns herum gestorben sind«, Georg fegte mit der Hand durch die Luft über die Gräber, »stirbt, wie wir alle sterben, mehr oder weniger grausam, mehr oder weniger krank, mehr oder weniger ungerecht, mehr oder weniger plötzlich. Gott stirbt. Aber nicht aus Zorn über die Sünden der Menschen, wie es so unablässig durch die Welt geistert, sondern im Sinne von Platons gekreuzigtem Gerechten: Für die Wahrheit und die Gerechtigkeit. Er drückt die ultimative Taste für einen Neustart und zeigt – im Zusammenhang mit dem Kreuz wirkt es bizarr, ist es aber nicht –, dass er keine Tier- oder Menschenopfer will, wie sie Gottheiten über Jahrtausende dargebracht wurden, sondern dass er den Menschen selbst möchte, dessen freie Entscheidung. Zweites Hochgebet, falls du das auch noch kennst: ... *der sich aus freiem Willen dem Leiden unterwarf.* Nimm das wörtlich. Es war keine Machtdemonstration. Kein Zwang oder göttlicher Befehl. Es war freier Wille und auch für Gott neu, Mensch zu sein. Zu sterben.«

»Das kam bei mir aber immer ganz anders an: wie eine gewaltige Schuldzuweisung an die Menschen, ihr ewiger Makel.«

Georg nickte.

»Hätte er nicht Mensch werden, seine Botschaft unters Volk bringen und an Altersschwäche sterben können – und damit nicht weniger Freiheit unter Beweis gestellt?«, fragte ich.

Georg verdrehte die Augen. »Ist es nicht erstaunlich, dass jede freie Entscheidung, sogar eine göttliche, sogleich Kritik und Alternativvorschläge hervorruft?«

»Ist es nicht normal und gut so? Es ist nichts als

ein ebenso freies Gedankenspiel von mir«, erwiderte ich.

»Aber wenn nun keine Lehre«, sprach er weiter, »sondern Jesus selbst die Botschaft ist, was ich glaube, dann hätte er nicht leben, predigen und friedlich sterben können, da die Wahrheit in seiner Person und seinem Weg liegt. Wenn du mich fragst: Ein Gott, der Mensch wird und sich den Menschen gleich macht bis auf die Sünde, muss ein Gott mit Geschichte sein. Einer, der innerhalb der Historie und nicht unabhängig von ihr agiert. Wenn du es so betrachtest, greift die Unterscheidung von Endlichkeit und Unendlichkeit, von Immanenz und Transzendenz nicht mehr, weil dieser Gott die Gesetze seiner Natur durchbricht. Alles Irdische, inklusive Tod, ist im Göttlichen aufgehoben, darin besteht die Erlösung. Er handelt nicht nach dem Maß einer ewigen Ordnung, sondern im Gegenteil, vergibt Sündern, zieht Barmherzigkeit sturer Gerechtigkeit vor. Er setzt eine neue Ordnung, erschafft durch den Tod und die Auferstehung eine neue Schöpfung, die von da an anders interpretiert werden muss: Er ist als Gott in den Menschen, in jedem einzelnen. Und wenn du daran glaubst, kannst du den Menschen nicht ohne Gott denken und andersherum Gott nicht ohne den Menschen.«

Er sah mich fragend an.

»Ich kann dir folgen«, sagte ich, gebannt von seinem veränderten Tonfall, seiner Energie und Kraft, »bilde ich mir wenigstens ein. So wenig mein Denken auch aufs Ende der Zeiten und Erlösung fokussiert ist, das muss ich zugeben.«

»Wer Neues erschafft«, fuhr Georg fort, »kann nicht nach einer feststehenden Ordnung handeln. Er handelt aus Freiheit. Gott hat in seinem Tod die Freiheit gewissermaßen unter Beweis gestellt, indem er sie sich genommen hat.« Er sah mich an. »Verstehst du, Hora? Freiheit ist aus diesem Grund jeder Ordnung vorangestellt. Jede Ordnung ist nur dann eine, wenn sie aus Freiheit kommt und vor allem: Freiheit ermöglicht. *Diese* Wahrheit ist in Christus personalisiert worden. Und das sagt das Johannes-Evangelium: Bleibt man in dieser Wahrheit, ist man frei für immer. Frei von Sünde, weil Jesus sie uns abgenommen hat. Frei von Vollkommenheitsidealen, denn dass wir Menschen ständig Fehler machen, sosehr wir versuchen, alles richtig zu machen, verliert durch Gottes Menschwerdung die todbringende Dynamik – uns wird vergeben. Frei vom Tod, weil wir in Gott aufgehoben sind. Darin liegt die Chance: Der Sinn der Wahrheit ist die Freiheit.«

»Und darum hast du diesen Text ausgewählt. Wegen der Freiheit, die du in der Ordnung deines Ordens gesucht, aber gerade dort nicht gefunden hast.«

»Ich habe diesen Text ausgewählt, weil er alles über mein Verhältnis zu Gott sagt, Hora. Ich kann seine Existenz nicht beweisen. Du kannst seine Nicht-Existenz nicht beweisen. *In uno omnia*. Das Motto meines Blogs heißt nichts anderes, als dass das Eine, in dem alles – alle Standpunkte, alle Ordnungen und Unordnungen – verbunden ist, die Freiheit ist. Uns gelingt es zwar immer nur begrenzt, unsere Freiheit zu ordnen, meist erzeugen wir dabei nur Unordnung – ich bin das beste Beispiel. Aber im Misslingen der Unordnung zeigt sich etwas sehr Gutes: dass Ordnungen nur als Freiheitsordnungen Bestand haben können. Es lässt uns auch die andere Seite jeder Geschichte sehen. Bringt uns zu Entscheidungen. Wieder und wieder. Wahrheit ist nicht leicht zu haben. Wahrheit ist nicht ein für alle Mal. Sie bedeutet immer wieder Selbstbesinnung. Und vermutlich habe ich jetzt doch gepredigt.«

»Nur ein bisschen«, untertrieb ich, tatsächlich schwirrte mir der Kopf.

»Übrigens hat Patricia heute Morgen angerufen«, wechselte er das Thema. Frierend setzten wir uns wieder in Bewegung. »Sie hat angerufen, als du mit Edda spazieren warst. Du hattest dein Handy vergessen. Sie möchte am ersten Maiwochenende herkommen.«

»Hierher?«

Er räusperte sich.

»Wohin sonst? Viel Aufwand übrigens für jemanden, mit dem sie eigentlich nichts mehr zu tun haben möchte.«

»Sie will dich kennenlernen, das ist alles.«

»Viel Aufwand für jemanden, den sie nicht kennt.«

Ich blieb stehen und wandte mich meinem Onkel zu. Er stand, auf seinen Stock gestützt, vor mir. Schmaler als vor der Krankenhauszeit. Älter. Grauer sein Haar. Warm und wach der Blick aus seinen schwarzen Augen. Unter dem rechten eine Kälteträne, seine Nase rot. Unter der dunklen Regenjacke Jeans, an den Füßen, von denen nur einer seiner und der andere ein Kunststofffuß war, schwarze Schnürschuhe mit Kreppsohlen.

»Sag mal, Athanasius«, ich bot ihm meinen Arm, damit wir zurück zum Auto gehen konnten, »warum müsst ihr Pfaffen eigentlich immer auf so altbackenen, leisen Sohlen daherkommen?«

»Um Menschen wie dich zu erschrecken«, antwortete er, »damit ihr aufwacht. Lena hat ein Angebot aus Cambridge.«

Die Luft war eisflüsternd, als er es aussprach.

»Ich habe es befürchtet.«

»Sieh es mal so: Wenn du es fertigbringst, mit ihr über den Abend meiner Krankenhauseinweisung zu sprechen, an dem du vor ihrer Tür gestanden und auf ihren ehemaligen Ehemann und ihre Tochter getroffen bist – sie hat mir davon erzählt –, wenn du deinem Zagen und Zaudern und Schweigen also ein Ende machen könntest, würde sie es ablehnen.«

Ich öffnete ihm die Wagentür des alten Opels.

»Weißt du das oder vermutest du das?«, fragte ich.

»Ich bin Priester, mein Junge. Ich glaube nur.«

Dank

Vielen hätte ich an dieser Stelle zu danken. Mein größter und daher hervorgehobener Dank aber gilt Cornelia Lohe, die sich für mich erinnert hat, obwohl sie es lieber nicht getan hätte.